Die andere Schwester des Papstes

Über die Autorin

Brigitte Teufl-Heimhilcher, geb. 1955, ist verheiratet und arbeitet als Immobilien-Fachfrau in Wien. Darüber hinaus schreibt sie Romane, in denen sie sich auf unterhaltsame Weise mit gesellschaftspolitischen Fragen auseinandersetzt.

Brigitte Teufl-Heimhilcher

Die andere Schwester des Papstes

Roman

www.teufl-heimhilcher.at

Die Originalausgabe erschien 2012
bei Brigitte Teufl-Heimhilcher
www.teufl-heimhilcher.at

3. Auflage 2015
© 2015 Brigitte Teufl-Heimhilcher
Buchsatz & Covergestaltung: mach-mir-ein-ebook.de
Korrektorat: Maja Kunze, Berlin
Herstellung & Verlag: BoD – Books on Demand, Norderstedt
ISBN-13: 978-3-7386-3215-6

Das Interview

Katharina blickte auf die Uhr, massierte kurz die Schläfen und drückte den Knopf der Sprechanlage: „Der Nächste, bitte!" Es war ein langer Tag gewesen, sie war müde und freute sich auf einen gemütlichen Abend.

„Fertig für heute", antwortete ihre Sprechstundenhilfe. „Nur ein junger Mann vom Kurier wartet noch auf Sie."

„Ist er angemeldet?"

„Das nicht", flüsterte die Sprechstundenhilfe, „aber ich denke, er kommt wegen Ihres Buches. Jedenfalls hat er eine Kamera dabei."

„Dann soll er hereinkommen."

Katharina zog rasch die Lippen nach, noch während sie den Stift wieder in ihre Handtasche gleiten ließ, rief sie: „Herein!"

Der junge Mann, er mochte etwa dreißig sein, erwiderte ihren kräftigen Händedruck, das gefiel ihr, sie konnte es nicht leiden, wenn die Hand des anderen schlaff in der ihren lag. „Mein Name ist Felix Winter. Ich komme im Auftrag des Kuriers und würde Ihnen gerne ein paar Fragen stellen."

„Das freut mich", antwortete sie. „Ich habe eigentlich gedacht, mein Buch sei schon in der Rundablage gelandet. Bitte, nehmen Sie Platz."

„Sie haben ein Buch geschrieben?", fragte er, während er sich setzte.

Diese schlichte Frage ließ Katharinas Müdigkeit schlagartig zurückkommen.

„Über Allergiebehandlung, ich dachte, deswegen seien Sie gekommen", antwortete sie dementsprechend gereizt.

„Leider nein", erwiderte Felix Winter und schickte dieser Nachricht ein gewinnendes Lächeln nach. „Ich komme sozusagen in heikler Mission."

Er machte eine Pause, sie bedeutete ihm weiterzusprechen.

„Wie Sie sicherlich wissen, findet heuer im September der Welt-Jugend-Tag in Wien statt."

Während Katharina zustimmend nickte, spürte sie, wie ihr Puls schneller wurde. Er sah sie fragend an, doch sie hatte nicht vor, ihm entgegenzukommen.

„Aus diesem Anlass wird Papst Leo seiner Heimat einen Besuch abstatten. Ich nehme an, auch das ist Ihnen bekannt."

Sie nickte abermals. „Es stand so etwas in der Zeitung."

„Ich nehme weiter an, Sie sind diesbezüglich nicht auf die Informationen der Medien angewiesen."

„Da irren Sie, junger Mann."

„Aber Sie sind doch eine Schwester des Papstes?"

Sie ließ einen Augenblick vergehen, ehe sie antwortete: „Wie kommen Sie darauf?"

„Ich habe ein wenig im Internet recherchiert. Der Papst hieß mit bürgerlichen Namen Leo Forstreiter und hat, wie Sie, seine Kindheit im Waldviertel verbracht. Da Forstreiter auch ein Teil Ihres Namens ist und Sie etwa fünf Jahre jünger sind, könnte er Ihr Bruder sein."

„Könnte er", nickte sie.

„Wird es ein Treffen zwischen Ihnen geben?"

„Das müssen Sie schon den Heiligen Vater fragen."

Er schickte abermals ein gewinnendes Lächeln über den Schreibtisch: „Ein Gespräch mit dem Heiligen Vater steht -leider - außerhalb meiner Möglichkeiten."

„Dann kann ich Ihnen – leider - auch nicht helfen. Papst Leo pflegt seine Pläne nicht mit mir zu besprechen."

Er lächelte.

„Kann es sein, dass es zwischen Ihnen und dem Heiligen Vater ein … Zerwürfnis gab?"

„Steht das auch im Internet?"

Diesmal sah er an ihr vorbei, als er antwortete: „Nur, wenn man zwischen den Zeilen liest. Sie haben an den Feierlichkeiten zum Beginn seines Pontifikates nicht teilgenommen. Zumindest ist in den Zeitungen immer nur die Rede von einer Schwester Maria, einer Klosterschwester. Sie ist auch mehrfach mit Papst Leo abgebildet."

„Gleich mehrfach, sieh an."

„Ich schließe aus Ihrer Antwort, dass Sie auch zu Ihrer Schwester kein sehr inniges Verhältnis haben."

„Sehen Sie, so leicht kann man sich irren."

„Wollen Sie mir vielleicht etwas darüber erzählen?"

„Eigentlich nicht. Vor allem aber will ich in Ihrer Zeitung auch nichts lesen, was ich nicht erzählt habe. Haben wir uns verstanden?"

Felix Winter hob abwehrend die Hände: „Ich will keine Geschichte erfinden, ich will eine Geschichte erzählen, und ich werde eine Geschichte erzählen, eine wahre Geschichte."

„Das sollte mich allerdings wundern. Wenn ich Ihnen abschließend noch einen guten Rat geben darf: Versuchen Sie es erst gar nicht bei meiner Schwester, die Mutter Oberin erlaubt keine Interviews."

Sie stand auf und reichte ihm die Hand. Felix Winter erhob sich ebenfalls: „Sollte Ihnen doch noch etwas einfallen, hier ist meine Visitenkarte. Ich bin jederzeit für Sie zu sprechen. Auf Wiedersehen."

„Das wollen wir doch nicht hoffen", antwortete sie und begleitete ihn zur Tür, um sicherzugehen, dass er nicht auch noch versuchte ihre Sprechstundenhilfe auszufragen.

Als sie eine halbe Stunde später ihren Wagen in die Garage fuhr, sah sie, dass ihr Mann schon da war. Schwungvoll betrat sie das Haus: „Axel!"

„Bin im Arbeitszimmer", kam es aus dem Obergeschoss.

„Und ich dachte, du hast uns schon etwas gekocht", rief sie zurück.

„Das wünscht du dir aber nicht wirklich." Sein grauer Wuschelkopf erschien auf der Treppe.

„Da hast du recht", lachte sie. „Aber zumindest einen Aperitif könntest du uns machen."

„Was möchtest du? Campari, Sherry oder ein Glas Tomatensaft?"

„Wie wär's mit Champagner?"

„Haben wir etwas zu feiern?", fragte er, während er sich auf den Weg in den Keller machte.

Sie schüttelte den Kopf, küsste ihn im Vorbeigehen und verschwand in der Küche, wo sie die mitgebrachten Lebensmittel abstellte. Mit raschen Handgriffen stellte sie einen großen Topf mit Wasser zu und goss einen Becher Obers in einen deutlich kleineren Topf.

Axel kam zurück, öffnete mit einem Plopp die Flasche und schenkte zwei Gläser voll.

„Worauf trinken wir?"

„Auf deinen Schwager."

Er sah sie erstaunt an: „Sprichst du von dem, an den ich jetzt denke?"

„Soviel ich weiß, hast du nur den einen."

„Den Pontifex, der auf unsere Gesellschaft so betrüblich wenig Wert legt?"

Sie nickte und nahm einen Schluck, dann stellte sie ihr Glas auf dem Küchenbord ab. Axel setzte sich auf einen der Barhocker des Frühstücksplatzes und sah sie fragend an. Während sie mit knappen Worten von ihrem Gespräch mit Felix Winter erzählte, verstaute sie die mitgebrachten Lebensmittel.

„Der arme Junge", lächelte Axel, „sicher hast du ihn abgekanzelt wie einen Schulbuben. Ich möchte nicht an seiner Stelle gewesen sein."

„Jedenfalls habe ich ihm deutlich zu verstehen gegeben, dass er sich aus der Sache raushalten soll."

„Und du glaubst, er wird jetzt nach Hause gehen und sich eine andere Story suchen?"

Während sie begann, den Parmesan zu reiben, ließ sie sich diese Frage durch den Kopf gehen: „Du meinst, er wird weiterstöbern."

„Wäre doch möglich. Stell dir vor, du wärst eine junge Journalistin und hättest eine Riesenstory an der Angel. Würdest du aufgeben, nur weil man dich einmal abweist?"

Katharina wiegte nachdenklich den Kopf. „Welche Möglichkeiten hat er denn? Von mir hat er kaum etwas erfahren, wenn ich auch nicht geleugnet habe, Leos Schwester zu sein. Zu Leo kommt er erst gar nicht, das weiß er selbst, und die arme Maria auszufragen, habe ich ihm, mit Hinweis auf die Mutter Oberin, auch ausgeredet. Es wäre natürlich denkbar, dass er es trotzdem versucht."

„Oder er fährt nach Gmünd. Bei dem medialen Zirkus, der nach der Papstwahl veranstaltet wurde, erinnert sich jeder an euch und sicher sind etliche gerne bereit, mit ihm zu reden."

„So klein ist Gmünd auch wieder nicht."

„Klein genug. Vergiss nicht, er ist Reporter und wird wissen, wie er die Sache angehen muss."

Da war was dran. Um Zeit zu gewinnen, bat sie ihn, den Tisch zu decken. Axel verzog sich unter Mitnahme der Champagner-Flasche ins Esszimmer.

Während sie die Spaghetti in das kochende Wasser gab und die Käsesauce zubereitete, versuchte sie sich vorzustellen, was sie an Winters Stelle tun würde. Axel hatte recht, aufgeben käme nicht in Frage.

Als sie kurze Zeit später mit der dampfend heißen Pasta ins Esszimmer kam, hatte Axel den Tisch gedeckt und eine CD von Gershwin aufgelegt.

„Eigentlich haben wir ja immer damit gerechnet, dass es eines Tages so kommen wird", nahm er das Gespräch wieder auf und streute genießerisch frisch geriebenen Parmesan auf die dampfend heiße Pasta, ehe er schwarzen Pfeffer darüber rieb.

„Du meinst also, ich muss noch einmal mit dem Knaben reden."

„Besser du erzählst ihm die Dinge aus deiner Sicht, als er erfährt dort und da ein Stückchen und setzt sich die Geschichte selbst zusammen."

Sie überlegte und verspeiste eine Gabel voll Spaghetti, ehe sie sagte: „Na schön, aber dann hätte ich dich gerne dabei. Dich und unsere Tochter Juliane. Was hältst du davon, ihn hierher einzuladen?"

„Von mir aus. Lad ihn zum Essen ein, dann kann er gleich schreiben, was für eine hervorragende Köchin du bist."

Er prostete ihr zwinkernd zu.

„Schmeichler. Aber die Idee ist ausbaufähig: Wenn ich ihm etwas über mein Leben als Schwester des Papstes erzähle, dann muss er mein Allergiebuch in seinem Artikel erwähnen. So könnte mir die Sache langsam gefallen."

*

„Interview gegen Buchbesprechung" hatte sie am nächsten Tag gemailt und Felix Winter hat kaum länger als zwanzig Minuten gebraucht, um sich den vorgeschlagenen Deal in der Redaktion absegnen zu lassen. Dann hatte sie ihn für Samstagmittag zum Essen eingeladen.

Punkt halb eins läutete es. Sie entriegelte das Gartentor mit einem Tastendruck, entledigte sich ihrer Schürze und ging ihm entgegen.

Was für ein wohlerzogener junger Mann, dachte sie, während sie ihm den mitgebrachten Blumenstrauß abnahm und dabei feststellte, dass er zu den scheinbar unvermeidlichen Jeans zumindest einen dunkelblauen Blazer trug. Schade, dass Juliane für die letzten Prüfungen lernen musste.

Axel reichte Prosecco zum Aperitif, danach bat Katharina zu Tisch. Zur Vorspeise gab es grünen Spargel auf Kartoffelschaum. Axel hielt ein leichtes Tischgespräch aufrecht, genau, wie sie es vereinbart hatten. Erst als der Hauptgang, Axels Lieblingsgericht, Lammkoteletts auf Blattspinat und Bratkartoffeln, abserviert worden war und Axel ihr noch einen Schluck Rotwein nachgeschenkt hatte, sagte sie: „So, nun dürfen Sie Ihre Fragen stellen."

Felix Winter schien sich nun doch ein wenig unwohl zu fühlen. Umständlich faltete er seine Serviette, schälte seinen Laptop aus der Schutzhülle und räusperte sich: „Anders als Ihre Schwester Maria sind Sie bisher als Schwester des Papstes noch nie in Erscheinung getreten. Warum?"

„Offenbar zeigt sich mein Bruder lieber mit meiner Schwester Maria. Verständlich, ich bin das Enfant terrible der Familie."

„Und was ist so schrecklich an Ihnen?", lächelte Felix. Es schien ihr, als hätte er seine Sicherheit wiedergefunden.

„Ich habe eine uneheliche Tochter, Juliane, und ich bin geschieden. Meine erste Ehe hielt auch nur zwei Jahre und meiner zweiten Ehe", sie sandte ein Lächeln zu Axel, „war der Segen der Kirche von Anfang an verwehrt. Das alles mag in unseren Breiten nichts Besonderes sein, im Vatikan schon. Ich glaube, man schreibt dort gerade das Jahr 1912."

„Sie meinen also, die römisch-katholische Kirche hinkt der Zeit um 100 Jahre hinterher."

„Es könnten auch etwas mehr sein."

„Kann es sein, dass diese Ansicht zu dem Zerwürfnis mit Ihrem Bruder beigetragen hat?"

„Sprach ich von einem Zerwürfnis?"

Winter ging nicht darauf ein.

„Wann haben Sie das letzte Mal mit Ihrem Bruder gesprochen?"

„Vor ziemlich genau zehn Jahren. Beim Begräbnis unserer Mutter."

„Und davor?"

„Davor – lassen Sie mich nachdenken. Ich glaube, das war, bevor er nach Rom ging. Doch, ich erinnere mich, ihm eine gute Reise gewünscht zu haben."

Winter las in seinen Unterlagen, ehe er antwortete: „Aber Ihr Bruder ist seit mehr als zwanzig Jahren in Rom."

„Da können Sie sehen, wie die Zeit vergeht", parierte sie und beeilte sich hinzuzufügen: „Darf ich Ihnen zum Dessert eine Creme Caramel anbieten?"

„Sehr gerne", erwiderte Felix. „Darf ich Ihnen danach noch ein paar Fragen stellen?"

Diese Antwort blieb sie vorerst schuldig, stattdessen fragte sie: „Kaffee?"

„Gerne."

Während Axel die Kaffeemaschine im Esszimmer in Gang setzte, ging Katharina in die Küche und ließ sich mit dem Dekorieren der Creme Caramel etwas Zeit, bevor sie die Teller auf den Servierwagen stellte. Der junge Mann gefiel ihr, er ließ sich nicht so leicht aus dem Konzept bringen. Dennoch, viel mehr würde sie ihm nicht erzählen. Leo würde auch so wenig begeistert sein, wenn er von diesem Interview erfuhr.

Nach dem Dessert setzte Axel seine Pfeife in Brand und Felix erkundigte sich nach seiner Familie.

„Ich habe einen Sohn, Florian, aus erster Ehe, der zurzeit in England studiert, und meine Mutter lebt noch."

„Sie sind also ebenfalls geschieden."

„Meine erste Frau ist bei einem Autounfall ums Leben gekommen, kurz nach Florians erstem Geburtstag. Er war mit im Auto, aber er hatte wohl einen Schutzengel, ihm ist nichts geschehen."

„Sie glauben an Schutzengel?"

„Mal mehr, mal weniger", antwortete Axel und stocherte in seiner Pfeife herum.

Drei Tage später war im Kurier Folgendes zu lesen:

Die andere Schwester des Papstes

Bei seiner vorjährigen Amtseinführung hat sich Papst Leo XV an der Seite seiner älteren Schwester Maria gezeigt. Wie sich nun herausstellte, hat der Pontifex eine weitere Schwester. Frau Dr. Katharina Forstreiter-Bender hat sich nunmehr als die jüngere Schwester des Papstes geoutet. Die Ärztin für Allgemeinmedizin, die sich auch mit Methoden der Komplementärmedizin beschäftigt, ist besonders für ihre Erfolge im Bereich der Allergiebekämpfung bekannt und hat erst vor Kurzem ein Buch veröffentlicht, in dem sie die von ihr angewandte Heilmethode vorstellt. Sie ist geschieden, Mutter einer unehelichen Tochter, Juliane, 25, und in zweiter Ehe mit dem Geschäftsmann Axel Bender verheiratet, der einige Papier-Fachgeschäfte betreibt. Von einem Zerwürfnis mit ihrem Bruder, Papst Leo, wollte die charmante Hobbyköchin nichts wissen, gab aber zu, ihn zuletzt vor zehn Jahren, beim Begräbnis ihrer Mutter, getroffen zu haben. Auf die Frage, ob es diesmal zu einem Treffen mit dem berühmten Bruder kommen würde, antwortete sie mit einladender Geste: „Wenn mein Bruder uns sehen möchte, steht unsere Tür für ihn offen."

Es bleibt abzuwarten, ob der Heilige Vater, anlässlich seines Besuches beim Welt-Jugendtag, dieser Einladung folgen wird.

Dem Artikel folgte ein Foto, das Katharina an ihrem Schreibtisch zeigte. Sie war mit beidem nicht unzufrieden und beschloss, vorerst einmal abzuwarten.

*

Als sie sich am Freitagabend für ein Abendessen mit Freunden zurechtmachte, läutete ihr Handy. Maria. Sie seufzte und nahm das Gespräch an.

„Gelobt sei Jesus Christus", schrillte es ihr ins Ohr.

„Dir auch einen schönen Abend."

„Meine liebe Käthe, ich muss dir leider sagen, Leo ist außer sich!"

„Das ist ja schnell gegangen, der Artikel ist doch erst vorgestern erschienen. Ich hätte nicht gedacht, dass Rom dermaßen am Puls der Zeit ist."

„Käthe, ich bitte dich, mach jetzt keine Witze. Du musst etwas unternehmen, Leo ist außer sich."

„Das sagtest du bereits", lächelte sie. „Aber das müssen wir ein andermal besprechen. Ich muss mich jetzt fertig machen, Axel wartet schon auf mich, wir gehen mit Ilse und Roland essen. Du erinnerst dich doch an Ilse und Roland?"

Maria bejahte und Katharina sprach schnell weiter: „Ich melde mich morgen bei dir, versprochen. Vergiss Leo, schlaf gut und träum was Schönes. Bis morgen."

Entschlossen unterbrach sie die Verbindung.

Mit Leos Zorn konnte sie leben, Maria war ein anderer Fall. Für ein Telefonat mit Maria musste sie sich Zeit nehmen. Maria war die denkbar ungeeignetste Person, um den Prellbock zwischen Leo und ihr zu spielen, dazu war sie zu verletzlich, zu sehr darum bemüht, es allen recht zu machen.

Katharina zog den Lippenstift nach und befestigte die Klipse an ihren Ohren. Im Geist ging sie den morgigen Tag durch. Am Vormittag gingen sie mit Freunden Golf spielen und anschließend essen. Danach würde sie es sich gemütlich machen und mit Maria reden. Wenn sie müde und satt war, hatte sie einfach mehr Geduld.

Dann warf sie einen zufriedenen Blick in den Spiegel und löschte das Licht. Bestimmt würde der Zeitungsartikel auch heute Abend zur Sprache kommen, sogar einige ihrer Patienten hatten sie schon darauf angesprochen.

Gut möglich, dass auch Ilse und Roland bisher keine Ahnung gehabt hatten, wer ihr Bruder war. Sicher wussten sie, dass sie einen älteren Bruder hatte, der als Theologe in Rom lebte und zu dem sie nur wenig Kontakt pflegte.

Früher gab es nicht mehr zu sagen und nach der Papstwahl hatte sie nicht den Wunsch gehabt, es überall herumzuerzählen. Warum auch? Sie hatte keinen Anteil an seinem Aufstieg und sie war nicht besonders stolz auf das, was er verkörperte. Dieser barocke Katholizismus und seine verknöcherten Repräsentanten, die so weit weg waren von denen, denen sie dienen sollten, dieser altmodische Pomp, der ihr so unangemessen schien, in einer Welt in der es immer noch so viel Armut und Elend gab, darauf konnte sie nicht stolz sein.

Schwester Maria

Katharina wusste nur zu gut, dass Maria längst auf ihren Anruf wartete. Doch erst gönnte sie sich noch eine ausgiebige Dusche. Während sich ihre Muskeln langsam unter dem warmen Wasser entspannten, wanderten ihre Gedanken zu Maria.

Wie Leo war sie schon als Kind dem starken Einfluss ihrer streng katholischen Mutter erlegen und bald nach ihrer Ausbildung zur Kindergärtnerin ins Kloster eingetreten.

Warum eigentlich, überlegte Katharina zum wohl hundertsten Mal. Für sie selbst wäre so ein Schritt undenkbar gewesen. Nicht nur wegen der Ehelosigkeit, das sowieso. Schon beim bloßen Gedanken an die hierarchischen Strukturen und Worte wie ‚Gelübde' und ‚Gehorsam' stellten sich ihr sämtliche Haare auf.

Zugegeben, Marias Widerspruchsgeist war nie besonders ausgeprägt gewesen, was die Sache möglicherweise begünstigt hatte, und in der Zwischenzeit war er gänzlich verkümmert. Wie schön für Leo, dachte sie, während sie ihre müden Beine eincremte.

Anstatt sich gelegentlich zu widersetzen, war Maria schon als Kind immer bemüht gewesen, es allen recht zu machen, da war für eigene Ideen wenig Platz geblieben. Schade, eigentlich, denn Maria war ein herzensguter Mensch und machte sich natürlich auch ihre Gedanken, aber nur selten sprach sie welche aus, die ihre Zensoren nicht gutgeheißen hätten. Ihre Zensoren, das waren früher ihre Mutter und ihr Großvater gewesen, jetzt waren es die Mutter Oberin und Leo.

Nur ihr gegenüber hatte Maria manchmal eine Ausnahme gemacht und, im Schutz der Dunkelheit des gemeinsamen Kinderzimmers, von ihren Träumen und Hoffnungen gesprochen. Als junges Mädchen hatte sie von einer eigenen Familie geträumt, von Kindern und einem Häuschen mit Garten. Doch eines Tages war sie ins Kloster eingetreten.

Hatte Maria heute noch Träume und Hoffnungen?

Jedenfalls ist sie der fleischgewordene Friedensengel, dachte Katharina. Vielleicht sah Leo das ebenso und hatte sie deshalb zu seinem Sprachrohr auserkoren. Maria wollte immer nur Frieden stiften. Erst zwischen Vater und Mutter, was ihr manchen Ärger eingetragen hatte, später zwischen Katharina und ihrer Mutter, was sinnlos gewesen war, und jetzt zwischen Katharina und Leo, was genauso sinnlos sein würde. Auch diesmal würde sie sich die Zähne ausbeißen – die Arme. Katharina würde es ihr schonend beibringen müssen. Seufzend wählte sie ihre Nummer.

***

Maria kam gerade von der Abendmesse, als ihr Telefon läutete.

„Kloster Kreuzenstein, Schwester Maria."

„Hallo Schwesterchen."

„Käthe, endlich. Vergelt's Gott, dass du doch noch anrufst. Ich dachte schon, na ja, ist ja auch egal. Sag, wie kamst du nur zu diesem unglücklichen Journalisten?"

„Also erstens kam er zu mir und zweitens glaube ich nicht, dass er unglücklich ist. Nicht nach der Story."

„Dann ist eben seine Story unglücklich."

„Maria, es ist MEINE Geschichte, in Kurzform. Felix Winter hat weder etwas erfunden noch etwas weggelassen. Ich finde, er hat seine Sache ganz gut gemacht."

„Du hast es ihm tatsächlich selbst erzählt? Aber Käthe, kannst du dir denn nicht vorstellen, was das für Leo bedeutet? Und ich hatte so gehofft, dass ihr euch bei seinem Besuch im Herbst aussöhnen werdet."

„Wie kommst du denn auf die Idee?"

„Ich habe es mir eben gewünscht. Aber jetzt sieht die Sache gar nicht gut aus."

„Kann ich mir vorstellen. Unser lieber Bruder hat jetzt ein dickes Problem. Negiert er mich bei seinem Wien-Besuch, so wie er mich bei seiner Amtseinführung negiert hat, werden ihn die liberalen Kräfte in die Mangel nehmen. Trifft er sich mit mir und meiner Familie, hat er erst recht ein Problem, diesmal mit den Konservativen und Erzkonservativen, und von denen gibt es ja auch mehr als genug, nicht nur im Vatikan. Ich kann sein Dilemma schon verstehen, aber ich kann es nicht ändern."

Maria seufzte. Gestern, nach Leos Anruf, war sie entsetzt gewesen, wie Käthe so ein Interview hatte zulassen können. In der Zwischenzeit hatte sie nachgedacht und gebetet und dann hatte Leo noch einmal angerufen und sich etwas milder gezeigt. Seither ging es ihr ein wenig besser, dennoch war ihre Mission heikel.

„Leo hat heute noch einmal angerufen", begann sie vorsichtig. „Er hat gemeint, es wäre am besten, den Artikel totzuschweigen. Niemand wird ihn kommentieren, weder du noch der Vatikan. Aber das ändert nichts daran, dass du bei seinem Besuch diesmal präsent sein musst."

„Dazu müsste er uns erst einmal einladen."

Da war sie, die Falle. Leo hatte recht gehabt, Katharina würde nicht alleine kommen wollen. Sie musste jetzt diplomatisch vorgehen: „Ich glaube nicht, dass Axel großen Wert drauf legt, dabei zu sein", begann sie zögernd, „wo er doch gar kein gläubiger Katholik ist. Also, versteh mich bitte nicht falsch … Axel ist ein wunderbarer Mensch, aber … das wissen die anderen doch nicht", endete sie etwas atemlos. Herrgott, warum musste gerade sie mit zwei so halsstarrigen Geschwistern geprüft sein.

Prompt antwortete Katharina: „Du hast recht, Axel legt bestimmt keinen Wert darauf – aber ich."

„Aber Käthe, warum kannst du Leo denn nicht einmal entgegenkommen? Schau, immerhin ist er der Heilige Vater."

„Zu mir hat er sich meist ganz unheilig benommen. Aber bitte, das ist lange her, vielleicht hat er sich ja geändert."

„Sicher", antwortete Maria ohne rechte Überzeugung.

„Wir sind beide alt genug, um die Vergangenheit ruhen zu lassen, vorausgesetzt, dass er wenigstens meine Gegenwart akzeptiert", fuhr Katharina fort. „Ich bin verheiratet und habe eine uneheliche Tochter. Also komme ich mit Axel und Juliane – oder gar nicht. Du brauchst gar nicht erst versuchen mich zu etwas anderem zu überreden, mein Entschluss steht fest."

„Warum bist du nur so dickköpfig?"

„Das scheint dir nur so, weil du so friedfertig bist. Also, lass dich von Leo nicht fertigmachen und denk immer daran, er ist nichts weiter als dein kleiner Bruder."

„Aber er ist auch der Papst", warf sie mit einem kleinen Lachen ein.

„Vergiss den Papst. Denk lieber daran, wie er dir mit seiner Besserwisserei schon als Kind das Leben schwer gemacht hat. Trotzdem konnte er dich immer wie Häkelgarn um den Finger wickeln."

Darüber musste Maria nun wirklich lachen. „Stimmt. Ich war für seinen Charme immer empfänglich."

„Leo hatte Charme?"

„Hat er noch immer, auch wenn seine neue Würde manches verändert haben wird."

Nach dem Telefonat kniete Maria auf ihrem Betschemel nieder:

„Lieber Gott, in was für ein Schlamassel hast du mich da wieder hineingezogen? Du weißt doch, dass ich den beiden nicht gewachsen bin."

Dann bekreuzigte sie sich und ging seufzend in den Speisesaal. Nach dem Abendessen würde sie sich mit Agnes einen kleinen Kräuterlikör gönnen. Den hatte sie sich wahrlich verdient.

***

Auch Katharina war mit dem Verlauf des Telefonates nicht sonderlich zufrieden. Aber wie, zum Teufel, sollte sie Maria aus der Sache heraushalten, wenn Leo sie offenbar zu seinem Prellbock zu machen beliebte? Verdammt, er musste doch wissen, dass Maria darunter leiden würde, weil sie mit Streitigkeiten einfach nicht umgehen konnte. Aber um die Befindlichkeiten seiner Mitmenschen hatte er sich ja noch nie geschert, warum sollte sich das durch sein neues Amt geändert haben. Eher würde es das Gegenteil bewirken. Was war schließlich anderes geschehen, als dass eine Reihe von verknöcherten, alten Kardinälen ihn für würdig erachtet hatte, auf dem Heiligen Stuhl Platz zu nehmen. Ein einsamer Platz, aber Leo war ohnehin nie ein Teamplayer gewesen, vielleicht hatten sie ihn ja deshalb gewählt.

Seufzend verließ sie ihr Arbeitszimmer. Sie würde sich noch ein Glas Prosecco gönnen und Axel Gesellschaft leisten.

Der saß vor dem Fernseher und verfolgte ein Fußball-Match. Ein warmes Gefühl durchflutete sie, während sie auf ihn zuging. Wenn sie in ihrem Leben je etwas richtig gemacht hatte, dann war das ihre Ehe mit Axel. Auch ohne den Segen der Kirche.

„Gutes Match?", fragte sie im Vorbeigehen.

Er schüttelte verneinend den Kopf. „Du kannst mir ruhig erzählen, wie dein Telefonat mit Maria gelaufen ist."

„Mittelprächtig", antwortete sie und deutete auf die Prosecco-Flasche in ihrer Hand. Diesmal nickte er zustimmend.

„Ich weiß einfach nicht, wie ich Maria aus der Sache heraus- halten könnte."

Axel nahm sein Glas entgegen und prostete ihr zu, dann schaltete er den Fernsehapparat stumm: „Ich schlage vor, du lässt Juliane und mich zu Hause, lässt dich ein- zweimal mit deinem Bruder fotografieren und wenn wir Glück haben, ist die Geschichte dann gegessen."

„Das könnte euch so passen. Aber genau so werden wir es nicht machen. Schau, du und Juliane, ihr seid das Beste in meinem Leben. Ich denke nicht daran, euch zu verleugnen, nur weil Juliane unehelich geboren wurde und wir beide nicht kirchlich verheiratet sind."

Er nippte an seinem Glas, ehe er antwortete: „Nun, verleugnen lässt es sich ohnehin nicht mehr. Aber dein Bruder hat recht, wenn ihr beiden nicht darüber redet, wird es vielleicht auch sonst niemand tun. Basta."

Sie schüttelte energisch den Kopf: „Und damit wäre die beste Chance vertan."

„Die beste Chance wofür?"

„Wenn er sich mit mir treffen muss, dann ist das in jedem Fall ein Punkt für den liberalen Flügel in der Kirche, die werden ohnehin jeden Tag weniger, weil viele die Geduld verlieren und einfach austreten.

Schau, ich habe doch alles getan, was die Kirche ablehnt. Ich habe eine uneheliche Tochter von einem Priester, bin geschieden und habe ohne den Segen der Kirche wieder geheiratet. Das sind genau die Themen, die die neue Reformbewegung derzeit wieder anspricht. Wenn Leo sich jetzt mit uns trifft, treffen muss, kann das doch durchaus hilfreich sein. Oder siehst du das anders?"

Axel schüttelte den Kopf und grapschte sich ein paar von den Erdnüssen.

„Natürlich vorausgesetzt, du kommst auch wirklich mit", fügte Katharina hinzu.

„Darf ich noch darüber nachdenken?"

„Sicher doch." Sie küsste ihn auf die Stirn, schnappte sich ein Buch und ging zu Bett.

Als er eine Stunde später kam, war sie über ihrem Buch eingeschlummert, doch sie wurde wach, als er es ihr vorsichtig aus den Händen nahm. Bevor er das Licht abschaltete, sagte er ganz beiläufig: „Du kannst übrigens mit mir rechnen", und gab ihr einen Gutenachtkuss.

Sie hatte es doch gewusst!

Am nächsten Tag rief sie noch einmal Maria an:

„Gibst du mir bitte Leos Telefonnummer?"

„Aber Käthe, es ist nicht ganz einfach, ihn anzurufen. Ich rufe immer bei seinem Sekretär an, Monsignore Rinaldo, und ersuche um seinen Rückruf. Also, genau genommen, habe ich das erst einmal getan. Eigentlich warte ich immer auf seinen Anruf."

„Und wie oft meldet er sich bei dir?"

„Das ist … ganz unterschiedlich", stotterte Maria.

„Also ruft er dich nur an, wenn er etwas von dir braucht."

„So kann man das nicht sagen. Er hat auch zu Weihnachten angerufen - und zu Ostern."

„Wenn er sich zu Pfingsten wieder meldet, dann kannst du ihm sagen, dass ich seinen Anruf erwarte."

***

Der nächste, von dem Katharina hörte, war jedoch nicht ihr Bruder, sondern der Bischofsvikar. Er sei, berichtete er feierlich, mit der Organisation des Papstbesuches beauftragt und käme nun, um zu fragen, an welchen Veranstaltungen sie teilzunehmen gedächte.

„Meine Teilnahme setzt voraus, dass ich eine Einladung meines Bruders erhalte, und zwar eine, die auch meinen Mann und meine Tochter einschließt."

„Diesbezüglich hat Seine Heiligkeit mir keine genauen Anweisungen gegeben. Ich soll aber ausrichten, er würde sich freuen, sie zu begrüßen. Zu welchen Veranstaltungen darf ich Ihnen eine Einladung übermitteln?"

Katharina überlegte nur kurz. Es war für Leo sicher eine Überwindung, sich überhaupt mit ihr blicken zu lassen – und ein Punkt für die Liberalen. Diese Chance konnte sie nicht vertun und die Sache mit Axel und Juliane würde sie später klären. Also fragte sie: „Was steht denn zur Auswahl?"

„Nun, da wäre einmal der Empfang am Flughafen und anschließend der Begrüßungs-Gottesdienst im Stadion. Dann hätten wir den Besuch in der Hofburg, am Samstag dann die Fahrt nach Mariazell und den Abschluss-Gottesdienst im Stephansdom. Danach wird der Heilige Vater wieder in den Vatikan zurückkehren."

„Ich denke, der Samstag wäre günstig und sagen Sie ihm bitte, wir würden uns freuen, wenn er zu uns nach Hause käme."

Zwei Wochen später erhielt sie ein Schreiben der Apostolischen Nuntiatur, in dem sie gebeten wurde, sich in Sachen Papstbesuch mit dem Nuntius persönlich ins Einvernehmen zu setzen.

Sie führte ein kurzes Telefonat mit Axel und rief dann in der Nuntiatur an. Es dauerte eine Weile, bis sie den Nuntius am Apparat hatte, der ihr, höflich, aber unmissverständlich, zu verstehen gab, wie wichtig der bevorstehende Besuch und dessen reibungsloser Ablauf gerade jetzt sei und das nicht nur für die Katholiken Österreichs, sondern für die gesamt Katholische Kirche.

Katharina hörte geduldig zu, ehe sie sagte: „Und was verstehen sie, oder mein Bruder, unter reibungslosem Ablauf?"

„Der Heilige Vater hat seinem Wunsch Ausdruck verliehen, Sie mögen alleine kommen."

„Haben Sie Angst, dass mein Mann die heilige Messe stört?"

„Nun, ich kenne Ihren Gatten nicht, aber davon gehe ich eher nicht aus. Aber der Heilige Vater hat angedeutet, dass die Presse schon im Vorfeld einen etwas, äh, unerfreulichen Artikel veröffentlich hat. Zum Glück war er von anderen Ereignissen in den Schatten gestellt worden."

„Exzellenz, das kommt für mich so nicht in Frage. Ich würde Ihnen aber sehr gerne auch meinen Standpunkt erklären. Halten Sie es für möglich, dass wir einander treffen? Ich würde Sie gerne in den nächsten Tagen zum Abendessen einladen und Ihnen meine Familie vorstellen. Am besten bei uns zu Hause, da sind wir ungestört. Wann würde es Ihnen denn passen?"

Vielleicht lag es daran, dass der ehrwürdige Nuntius nicht mit einem solchen Frontalangriff gerechnet hatte, jedenfalls sagte er zu und sie vereinbarten ein Abendessen für Freitagabend.

Daraufhin rief sie Juliane und Maria an. Juliane sagte, sie stünde knapp vor einer Prüfung und hätte daher keine Zeit und Maria meinte: „Vergelt's Gott, aber ich möchte lieber nicht dabei sein, wenn du den Nuntius brüskierst."

„Ich habe nicht vor ihn zu brüskieren, aber ich werde ihm reinen Wein einschenken."

„Genau deswegen möchte ich ja nicht dabei sein."

„Feigling", antwortete Katharina und bestellte eine Schinken- und eine Käseplatte in einem nahe gelegenen Feinkostladen. Sie war zwar eine ganz passable Köchin, aber sie hatte Freitagnachmittag Ordination und wegen eines Besuches des ehrwürdigen Nuntius würde sie ihre Patienten nicht im Stich lassen.

Axel hatte sich im Internet schlaugemacht und war ziemlich beeindruckt gewesen. Der Nuntius war ein weitgereister Mann, Doktor der Theologie und der Philosophie und sprach mehrere Sprachen.

„Mit uns wird er wohl deutsch reden", meinte Katharina gelassen. Aber auch wenn sie es nicht einmal Axel gegenüber zugeben wollte, lag ihr der Besuch ein wenig im Magen. Sie war froh, dass ihr keine Zeit blieb, darüber nachzudenken, denn ihre Praxis war zum Bersten voll. Als sie sich am Freitagabend endlich auf den Heimweg machte, war es schon halb sieben, der Nuntius war für halb acht angesagt.

Zum Glück war heute ihre Haushaltshilfe da gewesen, so dass sie nur noch den Tisch decken musste. Sie würde es ganz schlicht und einfach halten, schließlich gab es nichts zu feiern und vermutlich würde der Besuch ohnehin ziemlich kurz ausfallen.

Das Gespräch verlief jedoch erfreulicher als erwartet. Der Nuntius war nicht nur ein sehr gebildeter Mann, er war auch ein waschechter Bayer, mit dem sie einen sehr gemütlichen Abend verbrachten, an dessen Ende er sagte: „Glauben Sie mir, ich kann Ihren Standpunkt voll und ganz verstehen und werde unseren Heiligen Vater, den ich noch von früher ganz gut kenne, auch in diesem Sinne unterrichten."

„Na, bitte", hatte Katharina zu Axel gesagt. „Geht doch."

***

Juliane hatte ihre Prüfung bestanden und Maria hatte, zum Dank dafür, dass man ihre Schwester nicht exkommuniziert hatte, mehrere Kerzen gestiftet. Sonst hörten sie vorerst nichts.

Mütter und Töchter

Zu Julianes Geburtstag hatte Katharina die ganze Familie eingeladen, dennoch war die Runde nicht allzu groß. „Echt blöd, dass Florian nicht kommt. Mein Bruderherz hätte James doch mitbringen können", hatte Juliane kurz geschmollt und sich dann über den restlichen Gugelhupf hergemacht. Katharina vermisste ihren Stiefsohn auch, dennoch war sie nicht sicher, ob sie seinen Freund ebenso herzlich begrüßt hätte. Auch Axel schwieg zu diesem Thema.

Juliane sah das lockerer. Sie hatte die beiden in London besucht und war voll des Lobes über Florians neuen Freund. „Eine Augenweide, echt schade, dass er nichts für uns Mädels übrig hat", war alles, was sie dazu gesagt hatte.

Julianes Geburtstag fiel in diesem Jahr auf einen Mittwoch, also hatte sie beschlossen, mit ihrer Familie vor- und mit ihren Freunden nachzufeiern.

Katharina war es gewohnt, Gäste zu haben, dennoch war sie am Sonntagmorgen ganz froh, dass Juliane ihr Versprechen wahrgemacht hatte und schon früher gekommen war, um ihr bei den Vorbereitungen zu helfen. Während sie Erdäpfel schälte, plauderte sie munter drauf los, erzählte von ihren Recherchen zur Diplomarbeit, ihrer Freundin Sissy, die wieder einmal Liebeskummer hatte, und ihrem acht Wochen alten Patenkind, das unter Blähungen litt.

Wie sehr sie doch ihrem Vater gleicht, dachte Katharina. Auch Clemens hatte so blondes Haar und diese strahlenden, blaugrauen Augen. Und dann diese heitere Oberflächlichkeit, um die sie die beiden manchmal beneidete. An anderen Tagen konnte sie diese Art, die Dinge so zu nehmen, wie sie sich vordergründig darstellten, allerdings auch zur Weißglut bringen. Auch Julianes Ungeduld, wenn es darum ging, eintönige Arbeiten zu erledigen, wie beispielsweise Kartoffeln schälen, hatte sie von ihrem Vater geerbt. Normalerweise dauerte es nicht lange, bis Juliane sich vor solchen Dingen drückte.

So war es auch diesmal. Kaum war Axel mit Maria vom Bahnhof gekommen, wechselte sie auf die Terrasse, weil Axel angeblich ihren Beistand benötigte, um den Grill vorzubereiten. Katharina bezweifelte das zwar, aber Maria hatte sich ohnehin schon über die noch ungeschälten Erdäpfel hergemacht.

Neben Clemens, der wie immer zu spät kam, war noch Oma Inge gekommen, die, trotz ihrer achtzig Lenze und der Proteste der Familie, immer noch mit dem eigenen Wagen fuhr, und Axels Bruder Philipp mit seiner neuen Freundin.

Während Juliane ihre Geschenke auspackte, legte Axel die Lammkoteletts auf den Grill und nach wenigen Minuten zog ein herrlicher Duft von Holzkohle und gebratenem Fleisch über die Terrasse.

„Frische Ofenkartoffel, eigenhändig von mir geschält", verkündete Juliane und bediente sich.

„Lammkoteletts sind auch schon fertig", rief Axel und stellte gleich darauf eine Platte mit duftenden Koteletts auf den Tisch.

„Vergelt's Gott", sagte Maria und langte kräftig zu, während Phillips Freundin, eine schlanke Rothaarige mit Piepsstimme, verlauten ließ, dass sie keine toten Tiere esse.

„Macht nichts", sagte Katharina, sind ja genug Salate da.

Clemens hatte keine derartigen Bedenken.

„Köstlich", lobte er und zwinkerte Juliane zu. „Wirklich schade, dass du so selten Geburtstag hast. Niemand macht so herrliche Saucen wie deine Mutter."

„Doch, ich", erwiderte Juliane ungerührt. „Leider sind meine etwas kalorienreicher. Weißt du übrigens, dass Mama sich als Schwester des Papstes geoutet hat."

Clemens ließ das Messer fallen. „Du hast was?"

„Liest du denn keine Zeitungen?", fragte Katharina zurück.

Clemens bekam ein neues Messer und eine knappe Schilderung der Ereignisse.

„Aber im Vorjahr, bei seiner Amtseinführung, hast du doch alles daran gesetzt, die Verwandtschaft zu leugnen."

„Ich kam gar nicht dazu, etwas zu leugnen, Leo hat uns einfach nicht eingeladen. Aber wenn ich gefragt werde, gibt es auch keinen Grund zu lügen. Was auch ganz sinnlos gewesen wäre, jeder halbwegs begabte Journalist würde so etwas blitzartig herausfinden."

„Und wie kam der Reporter ausgerechnet jetzt auf dich?"

„Das wüsste ich allerdings auch gerne. Angeblich war es Zufall."

„So etwas geht doch ganz easy, man braucht nur ein wenig zu googeln", meinte Juliane und Maria sinnierte: „Sehr seltsam, diese neue Welt."

„Gar nicht seltsam. Schau, Mama hat jetzt eine Website, wegen ihres Buches über diese Allergietherapie. Wenn du ihren Namen in eine Suchmaschine eingibst, erfährst du in wenigen Sekunden alles, was du wissen willst", erklärte Juliane.

„Und da drinnen steht dann, dass der Heilige Vater ihr Bruder ist?"

„Das gerade nicht, aber mein Name, mein Alter und mein Geburtsort. Aus diesen Informationen hat das schlaue Bürschchen dann seine Schlüsse gezogen", erläuterte Katharina, wenn sie sich auch selbst immer noch darüber wunderte.

„Dann werdet ihr bei seinem diesjährigen Besuch sicher groß im Bild sein", sagte Clemens und wandte sich wieder seinem Kotelett zu.

„Kaum. Leo verlangt, dass ich alleine komme. Das kommt für mich natürlich nicht in Frage. Erst hat er Maria auf mich angesetzt, dann einen Bischofsvikar und zuletzt war sogar der Nuntius bei uns zu Gast."

Clemens schien beeindruckt. „Um von dir zu verlangen, dass du lügst?"

„Anfangs ja. Allerdings hat er es vornehmer formuliert, aber nachdem er unsere Sichtweise kennen gelernt hat, hat er gemeint, er würde mit Leo sprechen."

„Da wünsch ich ihm alles Gute", nickte Clemens und hielt Axel sein leeres Bierglas entgegen. „Erstaunlich, dass die Presse das nicht breitgetreten hat."

„Da hatten wir allerdings Glück. Just an dem Tag, an dem der Artikel erschienen ist, trat der Finanzminister zurück. Da hatten die Medien tagelang Wichtigeres zu berichten, dann kam das erste Sparpaket, dann die Sache mit Griechenland und dann ist die Sache im Sand verlaufen."

„Trotzdem verstehe ich Leo nicht", sinnierte Clemens.

„Du kennst ihn doch. Alles muss genau so sein, wie es immer schon war und wie er es sich vorstellt. Jedenfalls liegt es nun an ihm. Wenn er kommt, ist es uns recht, und wenn er uns einlädt, werden wir da sein. Wenn nicht, dann eben nicht", sagte Katharina und warf einen Blick auf Maria, die gerade an einem Hühnerbein knabberte. Dann fiel ihr Blick auf Juliane. Das Kind war plötzlich so ruhig und ganz blass, sie würde doch hoffentlich nicht krank werden.

*

Am darauffolgenden Wochenende waren Katharina und Axel bei Freunden eingeladen. Als sie deren Wohnung knapp vor Mitternacht verließen, sagte Katharina: „Weißt du, was wir jetzt machen? Wir schauen auf einen Sprung bei Julianes Party vorbei."

„Also, ich weiß nicht. Wir zwei, unter all dem jungen Gemüse?"

„Unsinn, komm schon, sei kein Spielverderber, nur auf ein Gläschen Sekt. Der Wein bei den Poldingers war ohnehin grauslich, ich habe kaum welchen getrunken."

„Ich auch nicht", gestand Axel, „dabei war er von einem ganz angesagten Winzer."

„Teuer, aber schlecht. Also, ein Glas nur, abgemacht? Es ist doch gleich hier um die Ecke."

Sie wusste, dass das nicht ganz stimmte, aber es war ein lauer Sommerabend und der Spaziergang würde ihnen guttun.

„Harrys Kneipe" lag im Souterrain, doch da die Fenster weit geöffnet waren, drang laute Musik auf die Straße. Innen war es trotzdem heiß und stickig. Katharina wollte schon umkehren, doch dann erkannte sie Felix Winter, der mit einem Bierglas in der Hand an der Bar stand.

„Das ist doch dieser Reporter", schrie sie Axel ins Ohr.

Axel fasste nach ihrer Hand und wollte sie nach draußen ziehen: „Lass uns daheim noch ein Glas trinken", brüllte er zurück, doch sie steuerte auf Felix zu, der bei ihrem Anblick beinahe sein Bier verschüttet hätte.

„Was für ein Zufall", säuselte sie süffisant.

„Ja, nicht wahr, ich bin … auch sehr erstaunt", stammelte Felix.

„Woher kennen sie meine Tochter?"

„Ihre Tochter? … Ich weiß nicht … kenne ich sie?"

*

„Versuch erst gar nicht, mir einzureden, dass das alles nur ein dummer Zufall war", herrschte Katharina Juliane tags darauf an.

„Warum sollte ich", gab Juliane zurück. „Ist es ein Verbrechen, mit Felix Winter befreundet zu sein?"

Katharina kannte Julianes Talent, Gegenfragen zu stellen, die unweigerlich auf ein Nebengleis führten. Als Anwältin würde ihr das später einmal zugutekommen. Hier und heute fand Katharina es weniger angebracht. Sie würde sich jedenfalls nicht aufs Nebengleis führen lassen.

„Seit wann kennst du ihn?"

„Seit Silvester. Was willst du sonst noch wissen? Ob ich ihn geküsst habe? Ob ich mit ihm im Bett war?"

„Das ist deine Sache. Aber warum, zum Kuckuck, hast du ihn auf mich angesetzt?"

„Weil Felix eine Story brauchte - und zwar eine gute Story."

„Und ich bin so eine gute Story?"

„Eine verdammt gute sogar. Außerdem ist dieses Versteckspiel um Onkel Leo doch sowieso abartig. Schließlich ist er der Papst, kein Massenmörder oder so."

„Du weißt, warum wir den Kontakt abgebrochen haben."

„Aber das sind doch alte Kamellen. Jede zweite Ehe wird heute geschieden und wahrscheinlich gibt es in der Zwischenzeit mehr uneheliche Kinder als eheliche."

„Deine flammende Verteidigungsrede kannst du für deinen Onkel aufheben. Ich fürchte allerdings, für ihn wirst du sie ein wenig profunder anlegen müssen."

„Kommt er denn?", versuchte Juliane neuerlich das Thema abzubiegen.

„Bisher hat er sich nicht bei mir gemeldet. Von mir aus kann das gerne auch so bleiben."

„Aber bei Omas Beerdigung habt ihr doch auch getan, als wäre nichts gewesen."

„Hätten wir uns am offenen Grab duellieren sollen? Außerdem hat er Axel in einer Form geschnitten, die man nur als beleidigend empfinden konnte."

„Ist mir nicht aufgefallen", maulte Juliane.

Das mochte ja sein, Juliane war für feinere Zwischentöne manchmal erstaunlich unsensibel. Gereizt fuhr Katharina fort: „Aber dass er bei seiner Amtseinführung getan hat, als hätte er nur eine Schwester, das ist dir schon aufgefallen? Ich jedenfalls habe die Botschaft verstanden. Eine geschiedene Schwester mit einem unehelichen Kind ist für Leo XV nicht der passende Background. Aber du musstest die Sache ja aufrühren."

Eine Weile herrschte Stille, Juliane schwieg aufmüpfig und auch Katharina hing ihren Gedanken nach, dann fragte sie: „Und wie soll es eurer Meinung nach jetzt weitergehen?"

„Bis jetzt hat die Geschichte doch noch gar nicht richtig gegriffen. Felix hatte ohnehin Probleme mit dem zuständigen Redakteur, weil er die Sache seiner Meinung nach vermasselt hatte. Er meinte jedoch, es wäre unklug, jetzt noch einmal nachzusetzen. Felix müsste warten, bis Onkel Leo kommt und erst dann …"

„Wie bitte? Du kannst deinem Felix ausrichten, dass es keine weitere Story geben wird und er soll mir in der nächsten Zeit gefälligst nicht in die Nähe kommen." Sie spürte, wie ihre Stimme laut und schrill geworden war. Ein Erbe ihrer Mutter, leider.

„Aber Mami! Das kannst du Felix nicht antun. Deinetwegen wird er noch seinen Job verlieren. Er hat doch nur einen befristeten Vertrag. Du musst uns einfach helfen."

Katharina wollte schon zu einer geharnischten Gegenrede ansetzen, doch insgeheim musste sie zugeben, dass Felix' Artikel wirklich sehr sachlich gewesen war. Kein Wunder, dass er seinem Chef nicht gefallen hat.

*

Kurz nachdem Juliane gegangen war, kam Axel von einem Besuch bei seiner Mutter zurück.

„Hat das arme Kind noch einen Kopf, oder hast du ihn ihr abgerissen?"

„Das nicht, aber zurechtgesetzt. Ich fasse es immer noch nicht. Sie verrät ihre eigene Mutter – einer Story wegen."

„Verrat ist aber ein hartes Wort. Sie hat doch nur …"

„Ja, ja. Halt du ihr nur die Stange."

„Sieh es doch als eine Möglichkeit, die Streitigkeiten mit Leo endlich zu begraben. Es ist doch alles so lange her und hat sich doch längst zum Besten gewendet." Dabei zog er sie an sich und küsste sie. Katharina ließ sich den Kuss gerne gefallen, doch dann machte sie sich frei und sagte: „Ja, ich weiß. Trotzdem hätte sie uns das ersparen können. Ich sehe die Schlagzeile schon vor mir: Papst verzeiht der verlorenen Schwester."

Als sie später beim Abendessen saßen, fragte Axel: „Weiß Juliane eigentlich die ganze Wahrheit?"

Sie schüttelte nur den Kopf.

„Vielleicht wäre jetzt der geeignete Zeitpunkt, ihr auch den Rest der Geschichte zu erzählen."

Katharinas Geheimnis

Der Gedanke, Juliane alles zu erzählen, ließ Katharina in den nächsten Tagen nicht los und in den Nächten schlief sie schlecht. Plötzlich standen die Ereignisse von damals wieder ganz deutlich vor ihr.

Der Tag, an dem sie Clemens kennen gelernt hatte, sein Lachen, seine Fröhlichkeit, das erste Rendezvous, der erste Kuss. Sie war beinahe so alt gewesen wie Juliane heute, nur deutlich naiver und unerfahrener. Theoretisch wusste sie natürlich Bescheid, schließlich hatte sie schon einige Semester Medizin studiert, aber an praktischer Erfahrung mangelte es ihr. Über Sexualität war zu Hause nicht gesprochen worden und das Wort Liebe wurde nur in Verbindung mit der Liebe zu Gott, den Eltern und den Geschwistern erwähnt - genau in der Reihenfolge.

Clemens war ganz anders, er schien so frei und unbeschwert, sie hatte sich sofort in ihn verliebt. In den ersten Monaten hatte sie sich damit begnügt, ihn wie alle anderen von Weitem anzuschmachten, doch bald hatte sie bemerkt, dass auch er ihre Nähe suchte. Auch dann hatte es noch Monate gedauert, bis sie ein Liebespaar wurden – sie hatten sich diese Entscheidung nicht leicht gemacht. Es folgten die Jahre der Heimlichkeiten. Natürlich hatten sie damit gehadert, dass sie ihre Liebe nicht offen leben durften, aber ebenso einig waren sie auch darüber gewesen, dass Clemens seinem Priesterberuf treu bleiben sollte.

Nur ihr Vater und ihre beste Freundin hatten von ihrer Liebe zu dem gutaussehenden, lebenslustigen Kaplan gewusst. Beide hatten geschwiegen.

Sie hatte ihr Studium beendet und sich mit aller Kraft, die die Liebe ihr verlieh, auf ihren Beruf konzentriert. Der Turnusplatz im nächstgelegenen Bezirkskrankenhaus war kein Problem gewesen, damals wollte sowieso keiner aufs Land. Danach wollte sie ihren Vater in seiner Landarztpraxis unterstützen und später seine Praxis übernehmen.

Alles war genau durchdacht. Clemens würde Kaplan bleiben und Katharina würde ihren Beruf haben und in seiner Nähe sein. Natürlich hatte sie die Pille genommen und einige Jahre war die Sache auch gut gegangen, aber dann brachen ihre Lebensmittelallergien aus, sie hatte ständig Durchfall – und eines Tages war sie schwanger gewesen.

Sie war geschockt, aber sie hatte keine Sekunde daran gezweifelt, dass Clemens zu ihr und dem Kind stehen würde. Anfangs hatte er das auch getan, doch dann war Leo auf der Bildfläche erschienen und hat alles zunichte gemacht.

Er hatte solange auf Clemens eingeredet, bis der sich Hals über Kopf in eine andere Diözese versetzen ließ - um Abstand zu gewinnen und um nachzudenken, wie er gesagt hatte. Sie war traurig gewesen, aber an seiner Liebe hatte sie nicht gezweifelt. Anfangs hatten sie mehrmals täglich telefoniert, einander Briefe geschrieben und sich ihrer Liebe versichert. Plötzlich war dann Gustav da gewesen. Er unterrichtete Deutsch und Geschichte an der hiesigen Hauptschule. Keiner wusste so genau, woher er kam.

Jung, sportlich und unkompliziert wie er war, hatte er ihr ein wenig den Hof gemacht und sie hatte es ihm mit warmer Zuneigung gedankt. Mehr war nie gewesen und niemand schien zu wissen, wie plötzlich das Gerücht aufkam, Gustav wäre der Vater ihres ungeborenen Kindes.

Als Juliane zur Welt kam, war Gustav der Erste an ihrer Seite gewesen, hatte einen großen Strauß roter Rosen gebracht, ihr einen Antrag gemacht und sie dazu gedrängt, ihn als Vater registrieren zu lassen, um Clemens zu schützen, wie er sagte, denn natürlich hatte er in der Zwischenzeit Bescheid gewusst.

Ihre Mutter, die ihr bis vor Kurzem noch prophezeit hatte, dass sie dafür, einen Priester verführt zu haben, eines Tages in der Hölle schmoren würde, plante voller Eifer die Hochzeitsfeier. Auch Maria redete auf sie ein, dieses Geschenk des Himmels doch anzunehmen, und Leo hatte nichts Eiligeres zu tun gehabt, als Clemens davon in Kenntnis zu setzen, dass er sich fortan mit voller Kraft seiner Berufung zuwenden könne, da Katharina, mit Gottes Hilfe, einen Mann gefunden habe, der sie liebte und versprochen hatte, die kleine Juliane wie sein eigenes Kind anzunehmen.

Als Clemens ihr daraufhin mit steifen Worten mitgeteilt hatte, dass er ihrem neuen Glück nicht im Wege stehen wolle, hatte sie zum ersten Mal in ihrem Leben keine Kraft gehabt, sich alldem zu widersetzen. Die Aufregungen während der Schwangerschaft, die schwere Geburt und die ungewohnte Mutterrolle hatten ihr alle Kraft und allen Mut geraubt.

Sie erinnerte sich kaum an Details dieser Tage, wusste nur, dass sie eines Tages vor dem Altar stand und gelobte, Gustav zu lieben, zu achten und zu ehren, bis das der Tode sie scheide. Von Clemens hatte sie nichts mehr gehört.

Gustav war kein schlechter Mensch gewesen, aber es hätte mehr als seiner guten Laune bedurft, um sie aus dem tiefen Loch zu holen, in das sie gefallen war.

Sie hatte das Baby und den Haushalt versorgt und manchmal sogar mit Gustav geschlafen. Als Juliane ein Jahr alt war, hatte sie ihre Tätigkeit als Ärztin wieder aufgenommen. Nach außen schienen sie eine ganz normale Familie zu sein.

Gustav hatte sich anfangs über ihre Lustlosigkeit beschwert, doch bald darauf schien er sein Glück anderswo gefunden zu haben. Ihr war es egal gewesen. Sie konnte und wollte ihn sowieso nicht lieben.

Die Sache eskalierte nach dem schweren Autounfall ihres Vaters. Als er nach mehreren Tagen erstmals wieder ansprechbar war, saß Katharina an seinem Bett. Er ahnte wohl, dass er die Unfallfolgen nicht überleben würde und fragte sie stöhnend, ob sie denn glücklich wäre.

„Ja", hatte sie geantwortet. Ja, sie sei glücklich, dass er lebe. Aber das hatte ihr Vater nicht hören wollen. Stockend berichtete er ihr von einem Brief, den er für sie aufbewahrt hatte. Kurze Zeit später war er tot.

Katharina durchsuchte sein Arbeitszimmer, seine Ordination und fand letzten Endes im Handschuhfach des Autowracks die Kopie eines Briefes, in dem Leo Gustav versicherte, dass er Stillschweigen über eine Affäre bewahren würde, wenn Gustav seine Schwester heiraten und deren Kind als das seine annehmen würde.

Wie betäubt durchlebte sie diese Tage und am Abend nach dem Begräbnis ihres Vaters hatte sie die beiden zur Rede gestellt. Gustav hatte erst einen untauglichen Versuch unternommen, ihr Sand in die Augen zu streuen. Aber zu dem Zeitpunkt wusste sie bereits, dass er, bevor er nach Gmünd gekommen war, in jenem hochangesehenen katholischen Internat unterrichtet hatte, dem Leo vorgestanden war. Den Rest hatte Gustav dann bald gestanden. Er hatte eine Liebschaft mit einer Schülerin gehabt, deren Eltern sich davon wenig begeistert zeigten. Leo hatte ihnen versprochen, Gustav umgehend von der Schule zu entfernen, wenn sie von einer Veröffentlichung der Angelegenheit absahen.

Der Rest war für Leo ein Kinderspiel gewesen. Gustav hatte weder eine Anstellung noch die Hoffnung, seine Angebetete so bald wiederzusehen, denn die war von ihren Eltern eilends als Au-pair nach London geschickt worden. Katharina und Juliana waren sein einziger Ausweg gewesen.

An jenem Abend hatte Gustav zerknirscht zugegeben, dass er sich seit Kurzem wieder mit jener ehemaligen Schülerin traf, die immer noch seine große Liebe sei. Es täte ihm leid.

Leo gab zwar zu, seine Hände im Spiel gehabt zu haben, bereute es aber keineswegs. Vielmehr sagte er, dass es seine Pflicht als Priester und Bruder gewesen sei, sie alle vor der Sünde zu bewahren. Und es wäre nicht bloß eine lässliche Sünde, einen Priester zu verführen und ihm anschließend ein Kind unterjubeln zu wollen, denn dass sie das mit Absicht getan hatte, daran hegte er keinen Zweifel.

Daraufhin hatte sie ihm eine gescheuert und das Haus verlassen.

Wenige Wochen später war Leo in den Vatikan berufen worden. Sie hatte ihn erst zehn Jahre später wieder gesehen, beim Begräbnis ihrer Mutter.

In der Zwischenzeit hatte sich für sie und Juliane längst alles zum Besten gewendet und sie war bereit gewesen, den Streit zu beenden.

Aber Leo, mit seinen frommen Attitüden und seiner starren Förmlichkeit gegenüber Axel, hatte sie dermaßen auf die Palme gebracht, dass an Versöhnung nicht zu denken gewesen war.

*

„Und du hast von diesem Gustav nie wieder etwas gehört?", fragte Juliane.

„Nicht nachdem wir geschieden waren", antwortete Katharina. Sie hatte nach einigen schlaflosen Nächten beschlossen, Juliane endlich die ganze Geschichte zu erzählen. Nun nahm sie erleichtert einen Schluck Kaffee und schnitt sich ein Stück von der Topfentorte ab, die sie Juliane zuliebe gebacken hatte.

„Er hatte damals das Schuljahr noch zu Ende gebracht und war dann ausgezogen. Die Scheidung im beiderseitigen Einvernehmen war kein Problem gewesen und danach bin ich mit dir nach Wien gegangen. Das heißt, erst einmal haben wir bei Maria Zuflucht gesucht, die leitete damals schon den Kindergarten im Kloster Kreuzenstein, und die damalige Mutter Oberin, eine reizende alte Dame, hat uns erlaubt, vorerst im Kloster zu wohnen."

„Daran erinnere ich mich noch. Es gab da diesen süßen alten Priester, der mich immer auf seinem Rücken reiten ließ."

Katharina lächelte. Auch sie erinnerte sich noch gerne an Pater Boleslaus. Er war einer der wenigen gewesen, dem sie erzählt hatte, dass Juliane das Kind eines Priesters war.

„Als ich dann endlich einen Job ergatterte, gingen wir nach Wien. Im Krankenhaus gab es einen Betriebskindergarten und wir konnten im Schwesternheim wohnen. Mein Gott, war das eine mühselige Zeit gewesen. Ich hatte nur meine Arbeit und dich."

„Genau in der Reihenfolge", unterbrach Juliane lachend.

„Über die Reihenfolge habe ich eigentlich nie nachgedacht. Ja, und eines Tages wurde Axel eingeliefert, mit Verdacht auf Blinddarmentzündung, den Rest kennst du ja."

„Schon komisch, dass ich mich an diesen Gustav überhaupt nicht mehr erinnern kann", sinnierte Juliane.

„Du warst erst eineinhalb, als wir geschieden wurden, und ich habe damals in meiner Wut alle Fotos verbrannt. In solchen Sachen bin ich gründlich, du kennst mich ja."

Juliane nickte inbrünstig. Vermutlich dachte sie auch gerade an die Aktion, als Katharina all ihre Sachen erst in einen Plastiksack und dann in die Mülltonne geworfen hatte, weil Juliane trotz mehrfacher Ermahnung ihr Zimmer nicht aufgeräumt hatte. Da auch Schulsachen und ihre Lieblingsklamotten betroffen waren, war Juliane nichts anderes übrig geblieben, als die Sachen aus dem Müll zu holen. Das war ihr zwar eine Lehre gewesen, aber ohne Axel wäre ihr Verhältnis heute möglicherweise …

„Aber auch Oma und Maria, haben nie über ihn gesprochen. Warum?", unterbrach Juliane ihre Gedanken.

„Weil ich es so wollte. Ich wollte an diesen Betrug einfach nicht mehr erinnert werden. Obwohl ich heute vieles anders sehe. Gustav war kein schlechter Kerl, nur eben in eine andere verliebt."

„Und Verliebte tun ja manchmal ganz besonders dumme Dinge", meldete Axel sich zu Wort, der eben die Terrasse betreten hatte.

„Hallo, Paps. Du musst Mama nicht gleich wieder an meine Kurier-Aktion erinnern. Ich sehe ja in der Zwischenzeit ein, dass das nicht der ganz große Wurf war. Aber ihr seid auch selber schuld. Hätte ich gewusst, wie übel Onkel Leo Mama mitgespielt hatte, wäre das alles nicht passiert."

„Und hättest du uns gesagt, wer Felix ist …"

„… hättest du ihm trotzdem kein Interview gegeben", fiel Juliane ihrer Mutter ins Wort.

„Vermutlich", gab Katharina zu und fragte Axel nach seinem Tennismatch.

Große Ereignisse werfen ihre Schatten voraus

Sommerliche Hitze senkte sich über die Stadt und Katharina gratulierte sich wieder einmal zu ihrer nordseitig gelegenen Ordination. Trotzdem war es sehr warm und der Ventilator im Behandlungszimmer surrte schon ziemlich bedenklich. Vielleicht sollte sie doch über eine Klimaanlage nachdenken.

Während der Patient sich wieder ankleidete, setzte sie sich an den Computer und rief seine Patientenakte auf. Ein Klingelton zeigte an, dass eben eine neue E-Mail gekommen war. Automatisch wechselte sie das Programm.

Sieh an, Monsignore Rinaldo teilte ihr mit, dass Seine Heiligkeit ihre geschätzte Einladung zum Abendessen am Donnerstag, den 17. September leider nicht annehmen kann, sie jedoch im Gegenzug einlädt, gemeinsam mit ihrer Schwester Maria an dem privaten Empfang in der Nuntiatur teilzunehmen. Weiters wäre Seine Heiligkeit sehr erfreut, wenn sie zumindest an der Abschlussmesse im Stephansdom teilnehmen könnte.

Schweinebacke. Hatte sie nicht ausdrücklich darauf hingewiesen, dass sie entweder mit Axel und Juliane oder gar nicht kommen würde?

Sie wandte ihre Aufmerksamkeit wieder dem Patienten zu und dachte erst nach dem Abendessen wieder an das Mail.

„Aber so kommt Leo mir nicht davon. Ich werde einfach darauf bestehen, mit euch zu erscheinen", sagte sie zu Axel.

„Du weißt aber schon, dass Juliane seit Kurzem gar nicht mehr so begeistert ist von deiner Idee. Und soweit es mich betrifft, ich kann ebenso gut auf ihn verzichten wie er auf mich."

„Aber ich kann nicht auf dich verzichten."

Katharina ließ den Chardonnay genüsslich durch die Kehle laufen.

Nach einigen weiteren Mails hatten sie sich darauf geeinigt, dass Katharina und Maria dem Empfang am Flughafen fernbleiben würden.

Stattdessen waren die beiden Schwestern am Abend in die Nuntiatur eingeladen. Maria wollte zwar an der Messe im Stadion teilnehmen, würde aber offiziell nicht in Erscheinung treten. Den Freitagabend würde der Heilige Vater, ganz privat und nur von Monsignore Rinaldo begleitet, bei ihnen verbringen.

Zur Abschlussmesse im Stephansdom würde Katharina dann Axel und Juliane mitbringen, darauf hatte sie bestanden. Ob sie danach noch zur Abschiedszeremonie auf den Flughafen mitkommen würden, hatte sie offengelassen. Mal sehen, wie das alles so lief.

***

In der Zwischenzeit war es Mitte August geworden. Als Maria ins Kloster Kreuzenstein zurückkehrte, hoffte sie inständig, die ärgste Hitze würde vorbei sein.

Sie, der die Hitze schon als Kind nicht gut bekommen war, litt in ihrer Schwesterntracht Höllenqualen und war froh, die heißesten Tage bei Katharina in der Villa verbracht zu haben. Das ganze Haus war klimatisiert und dazu noch dieser herrliche Swimmingpool, den sie aber immer nur nachts benutzte, damit niemand sie sah. Tagsüber verließ sie das Haus bestenfalls in den Vormittagsstunden, um im Schatten des großen Nussbaumes zu sitzen und heimlich einen dieser spannenden Thriller zu lesen, die Axel in seinen Bücherregalen hatte.

Zu ihrer großen Erleichterung stand das Programm für Leos Besuch nun fest, die Streithähne hatten sich fürs Erste geeinigt, sie konnte sich vorerst wieder entspannen.

Aber die Nagelprobe kam erst noch. Vor allem der Freitagabend machte ihr Sorgen. Käthe würde sich mit ihrer Kritik an Rom sicher nicht zurückhalten, so viel war klar, und wie Leo darauf reagieren würde, daran wollte sie lieber gar nicht denken. „Ach Herr, schenke den beiden Sanftmut und Weisheit", schickte sie rasch ein Stoßgebet zum Himmel, während sie ihre wenigen Habseligkeiten wieder in ihren Kasten räumte. Doch dann setzte sie mit leisem Vorwurf hinzu:

„Aber du weißt ja selbst, was für spitze Zungen du ihnen verliehen hast."

***

Während Katharina und Axel ein paar erholsame Urlaubstage am Fuschlsee verbrachten, erreichte Katharina die Nachricht des Bischofsvikars, sie möge sich wegen der geplanten Sicherheitsmaßnahmen mit ihm in Verbindung setzen.

„Was denn für Sicherheitsmaßnahmen? In unserem Haus wird ihn schon keiner umbringen", sagte sie und durchsuchte die Handtasche nach ihrem Handy.

„Nun, von dir könnte natürlich schon eine gewisse Gefahr ausgehen", neckte Axel und erntete dafür im Vorbeigehen einen Stups.

Als sie nach dem Telefonat auf die Terrasse kam, hatte sie rote Wangen und ließ sich erschöpft auf ihren Sessel fallen. „Du glaubst nicht, was das für ein Zirkus werden soll. Stell dir vor, sogar das Papamobil kommt mit nach Wien und Dr. Reuter meinte eben, sollte Leo im Papamobil von der Erzdiözese zu uns hinausfahren wollen, dann müssten noch sämtliche Zufahrtswege mit Absperrungen versehen werden, weil anzunehmen ist, dass die Menschen entlang des Weges stehen werden, um ihm zuzuwinken. Das ist doch total vertrottelt. Er ist doch nur der oberste Hirte - nicht der Herrgott persönlich!"

„Die Menschen würden auch dort stehen und winken, wenn die Queen oder irgendein Popstar dumm genug wären, die weite Strecke von der Innenstadt zu uns hinaus im Auto stehend zurückzulegen."

„Du hast recht. Er wird in einem geschlossenen Wagen kommen. Gut so." Sie atmete tief durch. „Okay, dann hole ich mir jetzt etwas zu essen."

Das Mittagsbuffet bestand aus kalten Speisen, Salaten, Suppen, Pastagerichten und einem Hühnerragout. Sie hatte Hühnerragout und Pasta auf Axels Teller gesehen. Typisch, dachte sie, während sie selbst ein Sülzchen vom Waller und etwas Salat wählte. Axel und Juliane wählten immer ganz automatisch die Dinge mit den meisten Kalorien.

Als sie an den Tisch zurückkam, winkte Axel mit der Zeitung. „Da ist was für dich. Ein genauer Schlachtplan, wann welche Straßenzüge gesperrt sein werden und welche Sicherheitsmaßnahmen die Besucher zu beachten haben."

„Nach dem Essen", sagte Katharina und nahm ihm die Zeitung aus der Hand.

„Jawohl, Frau Doktor", murrte Axel.

Als sie später zur Rumingmühle spazierten, sagte sie: „Stell dir vor, die wollen unser Haus vor Leos Besuch sicherheitstechnisch überprüfen. Also ich hätte gute Lust, das ganze Theater abzublasen."

„Das stelle ich mir eher schwierig vor."

„Ich auch", murmelte sie und hakte sich bei ihm ein.

*

„Also, ich komme gerne zu diesem privaten Abendessen, aber muss ich wirklich zum Abschlussgottesdienst gehen?", murrte Juliane am Telefon. Katharina verdrehte genervt die Augen und ließ sich auf ihren Schreibtischsessel fallen. „Selbstverständlich musst du. Du weißt, wie lange ich darum gekämpft habe, dass Axel und du eingeladen werdet."

„Und du weißt, dass wir das nie wollten. Ich hab' auch gar nichts anzuziehen."

„Armes Kind. Wie wär's denn mit dem schwarzen Kostüm und der weißen Bluse?"

„Darin sehe ich aus wie Tante Maria", schmollte Juliane.

„Und was ist mit dem dunkelblauen Blazer?"

„Der ist mir zu eng."

„Sag ich dir nicht immer, du sollst nicht so viel Schokolade essen, das ist ungesund und schlecht für die Haut." Katharinas Ton war vorwurfsvoll, sie merkte es selbst. Hatte sie sich nicht vorgenommen, Juliane nicht länger wie einen unreifen Teenager zu behandeln? Aber das Kind machte es ihr wirklich nicht leicht. Gereizt sah sie auf die Uhr. „Mein Gott, schon so spät. Ich muss weitermachen, wir sehen uns dann am Sonntag zur Schlussbesprechung. Vergiss bitte nicht, Tante Maria abzuholen."

„Aye, aye, Käpten", spottete Juliane, dann war die Verbindung unterbrochen und Katharina rief den nächsten Patienten auf. Als sie sich später auf den Heimweg machte, überlegte sie zum x-ten Mal, was sie für den Besuch ihres Bruders kochen sollte. Man hatte ihr eine Liste jener Speisen zukommen lassen, die er bevorzugte. Auf der Liste befand sich so ziemlich nichts von dem, womit Katharina ihre Gäste gerne verwöhnte.

Da Axel kegeln war, machte sie sich nur ein Brot zurecht, schenkte sich ein Glas Rotwein ein und zog ihre Kochbücher zu Rate. Als er drei Stunden später heimkam, hatte sie das Menü endlich fertig.

„Hör zu, womit ich Seine Heiligkeit einkochen werde", begrüßte sie ihn. „Klare Hühnersuppe mit Grießnockerl, eingemachtes Kalbfleisch mit Reis und zum Dessert eine Topfencreme."

„Klingt ja aufregend. Ist dein Bruder magenkrank?"

„Scheint so", antwortete Katharina und begab sich zu Bett.

„Habe ich dir eigentlich schon erzählt, dass Florian kommt?", fragte Axel, als er ihr ins Schlafzimmer folgte.

„Nein, hast du nicht. Alleine?"

Er schüttelte bedauernd den Kopf. „Diesmal bringt er seinen Freund mit. Katharina, mir fällt das auch nicht leicht, aber wir müssen uns dem stellen."

„Weiß ich ja. Wann kommt er denn?"

„Zum Glück erst einen Tag nach dem heiligen Besuch."

„Wenigstens etwas", gähnte Katharina und knipste das Licht aus.

*

Tags darauf rief Maria an: „Käthe, es tut mir leid, aber ich kann am Sonntag nicht kommen. Die Mutter Oberin kann hier nicht auf mich verzichten."

„Sei nicht albern, wir müssen alles noch einmal besprechen. Der Bischofsvikar kommt doch auch, sag ihr das."

„Käthe, das habe ich schon, aber die Mutter sagt, es geht nicht an, dass ich jetzt, wo Leo kommt, andauernd weg bin und mich auch noch am Wochenende zuvor davonmache."

Daher wehte der Wind. Katharina spürte Ärger in sich hochsteigen. Ärger über Maria, weil sie sich nie zur Wehr setzte, und Ärger über die Mutter Oberin, von der zwar allgemein behauptet wurde, sie käme mit den Menschen in ihrer Umgebung gut aus, aber Katharina hatte einmal mehr den Eindruck, dass dies vor allem darauf zurückzuführen war, dass sie stets im Vorhinein bedachte, wo Widerstand zu erwarten war und wo nicht.

„Es dürfte der Aufmerksamkeit deiner Mutter Oberin entgangen sein, dass dein Bruder der Papst ist. Du solltest das gelegentlich erwähnen. Oder kann es sein, dass sie eifersüchtig ist?"

„Das möchte ich so nicht sagen, aber ich glaube schon, dass sie gehofft hat, eine Einladung zu bekommen. Leider hat sie keine erhalten."

Sie seufzte. „Hast du es Leo denn gesagt?"

„Seinem Sekretär, aber der scheint es vergessen zu haben, was ja auch kein Wunder wäre."

Typisch, dachte Katharina, immer hat sie für jeden eine Entschuldigung parat, statt sich einmal um sich selbst zu sorgen. Natürlich war es kein Beinbruch, wenn Maria am Sonntag nicht kam, doch da sie wusste, wie wichtig Maria diese Familientreffen waren, antworte sie seufzend: „Also gut, dann besorge ich ihr eben eine. Ich werde gleich den Bischofsvikar anrufen, wir sehen uns dann wie vereinbart am Sonntag."

****

„Aber nur, wenn …", setzte Maria noch an, doch da hatte Katharina schon aufgelegt. Langsam legte sie den Hörer in die Halterung zurück. Sie bewunderte Käthe für ihre Kompromisslosigkeit und ihre Tatkraft ebenso, wie sie deren Folgen manchmal fürchtete. Natürlich wäre sie am Sonntag gerne dabei, schon allein, weil es bei Katharina immer so gemütlich war und so gut zu essen gab. Die Klosterküche war ja nicht übel, aber mit Katharinas Kochkünsten konnte sie nicht mithalten. Anderseits war es ihr unangenehm, wenn andere für sie intervenierten, nur weil sie zu feige war, für sich selbst einzustehen. Es war ja auch lachhaft, die Mutter Oberin war gute zehn Jahre jünger, dennoch fürchtete sie sie an manchen Tagen, wie sie einst ihre Mutter gefürchtet hatte, wenn sie wieder einmal eine Schularbeit vergeigt hatte.

Ach, warum hatte der Herrgott seine Gaben auch so ungleich verteilt? Sie wollte sich bestimmt nicht beschweren, aber ein wenig von der Durchsetzungskraft ihrer Geschwister hätte doch für sie auch abfallen können. Seufzend ging sie zurück in den Klostergarten.

Seine Heiligkeit, Leo XV

Katharina montierte eine passende Brosche am Revers ihres Hosenanzuges und wandte sich Axel zu.

„Wie findest du es?"

„Aufregend. Willst du den ehrwürdigen Nuntius um den Verstand bringen, oder hast du es auf Monsignore Rinaldo abgesehen?"

„Quatschkopf. Also, wünsch mir Glück."

„Ich wünsch dir einen kühlen Kopf und einen schönen Abend. Toi, toi, toi", sagte Axel und hauchte ihr einen Kuss auf die ihm dargebotene Wange.

„Dank dir. Ich weiß gar nicht, warum ich mich dazu hab' überreden lassen."

Während sie zu ihrem Wagen ging, überlegte sie, wie es zu diesem Arrangement gekommen war. Der Nuntius war wirklich ein kluger Vermittler gewesen. Maria hatte heute Nachmittag an dem Eröffnungs-Gottesdienst teilgenommen, allerdings inkognito. Offiziell würden sie in der Nuntiatur gemeinsam auf Leos Ankunft warten. Erst am Samstag, zur Abschlussmesse in den Dom, würden Axel und Juliane sie begleiten.

Doch wenn sie an das bevorstehende Zusammentreffen mit Leo dachte, spürte sie eine leichte Nervosität in sich aufsteigen. Zehn Jahre waren eine lange Zeit. Zumindest würde die formelle Umgebung heute Abend keine allzu privaten Gespräche aufkommen lassen.

Als sie die Nuntiatur betrat, kam Maria ihr schon aufgeregt entgegen und wie immer, wenn sie aufgeregt war, klang ihre Stimme schriller als sonst. „Hast du die vielen Menschen gesehen, die alle auf seine Ankunft warten. Und wir beide, werden mit ihm gemeinsam zu Abend essen."

„Wir beide sind auch ziemlich verwandt mit ihm."

Marias vertraute Schusseligkeit wirkte auf Katharina beruhigender, als jede Pille es vermocht hätte.

Maria kicherte. „Schon. Ach, wenn unsere Eltern das noch erleben könnten. Leo ist schon etwas ganz Besonderes. Du hättest ihn sehen müssen beim Eröffnungsgottesdienst. So erhaben, weise und …"

„Sag jetzt bloß nicht gütig. Leo war in seinem ganzen Leben noch nie gütig, daran wird sich wohl wenig geändert haben."

„Pst", zischte Maria, denn in diesem Moment betrat der Nuntius den Raum, gefolgt von einigen Männern in schlichten Soutanen und dahinter, im weißen Kleid, ihr Bruder, Papst Leo XV.

*

Leo war immer groß und schlank gewesen, jetzt erschien er Katharina fast dürr. Dass sein Haar schlohweiß geworden war, wusste sie aus dem Fernsehen, aber sein Gesicht gefiel ihr gar nicht. Nicht, weil er deutlich mehr Falten hatte als bei ihrer letzten Begegnung, aber er war blass und hatte dunkle Ringe unter den Augen.

Sie hatten genaue Anweisungen bekommen, wie sie den Heiligen Vater zu begrüßen hatten, und Maria küsste tatsächlichen erst seinen Ring, ehe sie ihn als Bruder willkommen hieß. Katharina hatte nicht gewusst, wie sie sich genau verhalten würde, doch jetzt ging sie auf ihn zu, gab ihm die Hand und sagte schlicht: „Servus Leo."

Sollte das ein Fehler gewesen sein, so überging er ihn: „Katharina, schön, dich zu sehen."

Ein junger Mann reichte Sektgläser herum, Leo nahm einen kleinen Schluck und verlangte nach einem Glas Wasser. Dann setzten sie sich zu Tisch. Offensichtlich hatte man auch hier seine Essenswünsche deponiert. Es gab eine klare Hühnersuppe mit dünnen Fadennudeln, die rascher vom Löffel schlüpften, als man sie auffangen konnte, danach Forelle blau mit Salzkartoffel und als Nachspeise wurden Obst und Käse gereicht.

Das Gespräch schleppte sich dahin. Der Nuntius hatte vorgeschlagen, die Geschwister später alleine zu lassen, doch dazu kam es nicht, denn kurz nach dem Essen erhob sich Leo. Er sei müde und freue sich, sie morgen wiederzusehen. Alle übrigen taten es ihm gleich und so waren Katharina und Maria kurz vor der ZIB 2 wieder zuhause. Maria würde in den nächsten Tagen der Einfachheit halber bei ihnen nächtigen.

„Wie war's?", fragte Axel.

„Ergreifend", antwortete Maria selig lächelnd.

„Schlicht", sagte Katharina und schlüpfte aus ihren hochhackigen Schuhen.

***

Als Maria am nächsten Morgen in die sonnige Wohnküche kam, war der Frühstückstisch bunt gedeckt und Axel presste Orangensaft. Es roch fantastisch nach frischem Kaffee. Natürlich gab es im Kloster auch Kaffee, aber der konnte sich mit dem hier nicht messen, wie sie aus Erfahrung wusste.

„Guten Morgen, ihr Lieben. Ach Käthe, du hast alles so schön hergerichtet und ich fürchte, ich kann gar nichts essen vor lauter Aufregung."

„Doch, das kannst du", antwortete Katharina. Ihr Ton war ruhig und sehr bestimmt, als ob sie mit einem zappeligen Kind sprechen würde, dachte Maria und setzte sich. Pflichtschuldig griff sie nach einer frischen Semmel.

„Na gut, einen Cappuccino vielleicht", seufzte sie und überlegte, wie schön es wäre, wenn Käthe auch heute Vormittag mitkäme. Als die den dampfenden Kaffee mit dem herrlichen Milchschaum vor sie hinstellte, bettelte sie noch einmal: „Komm doch mit, ich helfe dir dafür anschließend in der Küche, dann geht sich für den Abend alles leicht aus."

Natürlich ließ Käthe sich nicht umstimmen, sie hatte es ohnehin nicht erwartet.

„Ach Gott, ich bin so aufgeregt. Heute werde ich auch noch dem Herrn Bundespräsidenten und seiner Gattin vorgestellt. Habt ihr eine Ahnung, wie ich die beiden ansprechen soll?"

Axel zuckte die Schultern: „Sag einfach, Herr Präsident und gnädige Frau, da kann nicht viel falsch sein."

Dann brachte er sie in die Nuntiatur, wo Monsignore Rinaldo, Leos Sekretär, sie bereits erwartete, um ihr mitzuteilen, dass Seine Heiligkeit sich etwas verspäten würde. Leo kam nur wenige Minuten später, er erschien ihr müde und blass. Hoffentlich war er nicht krank, doch vor allen anderen wollte sie ihn nicht fragen. Mit nur unbeträchtlicher Verzögerung kamen sie in die Präsidentschaftskanzlei. Maria fühlte sich so kribbelig, als müsste sie eine Prüfung ablegen. Wie gut, dass Käthe ihr nach dem Frühstück noch eine Baldriankapsel verabreicht hatte.

Obwohl sie sich so weit wie möglich im Hintergrund hielt, konnte sie es nicht verhindern, dem Präsidentenpaar vorgestellt zu werden. Zu ihrer großen Erleichterung zogen sich die Herren bald hinter die aus dem Fernsehen bekannte Tapetentür zurück und sie blieb mit der Frau des Präsidenten alleine, die sie bald in ein Gespräch über die Vorteile frisch getrockneter Kräuter bei der Behandlung leichter Befindlichkeitsstörungen gezogen hatte. Das entspannte Maria so sehr, dass ihr gar nicht auffiel, wie rasch die knappe Stunde vergangen war. Danach brachte man Leo in die Erzdiözese, während man sie in die Villa zurückfuhr. Sie hatte zwar gemeint, sie könne gut auch mit der U-Bahn fahren, aber niemand schien ihren Einwand auch nur im Entferntesten zu erwägen. Dabei wäre sie doch so gerne noch ein wenig in der Stadt geblieben. Aber niemand fragte danach und natürlich legte sie keinen Protest ein. So war sie knapp vor Mittag wieder in der Villa. Auch gut, dachte sie, wenigstens konnte sie Käthe noch bei den Vorbereitungen für den Abend zur Hand gehen.

***

Katharina lugte zum x-ten Mal durch den Vorhang. Die Ankunft Seiner Heiligkeit war für 19 Uhr angesetzt. Wie Axel richtig vermutet hatte, hatte er für die Fahrt nach Hietzing einen geschlossenen Wagen gewählt. Dennoch standen seit dem frühen Abend Schaulustige vor dem Haus und entlang der Straße. „Woher zum Kuckuck kennen die unsere Adresse? Die Presse hat doch über diesen Besuch kaum etwas veröffentlicht, nur dass es zu einer privaten Begegnung mit den Geschwistern kommen wird."

„So etwas spricht sich immer irgendwie herum", meinte Axel gelassen, während er die Clubkrawatte band, die Katharina ihm herausgelegt hatte.

„Hoffentlich legt sich das wieder. Nicht dass wir zukünftig als Touristenattraktion gelten."

„Keine Angst, so interessant sind wir auch wieder nicht. Du wirst sehen, in einigen Wochen sind wir vergessen."

„Sagtest du eben Wochen?"

Axel lächelte und drückte ihr im Vorbeigehen einen Kuss auf die Wange: „Als Schwester des Papstes muss man eben Opfer bringen."

„Gut, dass der Spuk morgen Abend vorbei ist. Maria hatte heute Mittag einen Blutdruck von 180 zu 95. Ich habe ihr Tropfen gegeben und sie ins Bett geschickt. Sie macht mich ohnehin verrückt mit ihrer Herumwuselei."

„Und ich dachte, du liebst deine Schwester."

„Ich liebe sie ja - wenn sie schläft."

Es war vereinbart, dass der Heilige Vater nur von einem seiner persönlichen Sekretäre begleitet werden sollte. Vor dem Haus sollten jedoch zwei Bodyguards postiert werden. Eben fuhr ein schwarzer Mercedes vor. Katharina sah auf die Uhr. Halb sieben. Dem Auto entstiegen zwei Männer in dunklen Anzügen. Keiner unter eins neunzig, schätzte sie. Sie seien die Vorhut, erklärten sie, um die Ankunft des Heiligen Vaters abzusichern.

„Mein Gott, muss mein Bruder unbeliebt sein, wenn sie selbst hier und heute ein Attentat befürchten."

„Verrückte gibt es immer und überall", erklärte einer der beiden, wobei offenblieb, ob er das für einen Glücks- oder Unglücksfall hielt.

Sie ging ins Haus zurück und warf noch einmal einen Blick auf die Dekoration im Esszimmer. Der Tisch war für sechs Personen gedeckt.

„Hoffentlich kommt unsere Tochter nicht zu spät", sagte Axel von der Tür her.

„Das würde ich nicht ausschließen", entgegnete Katharina und rückte eine Menükarte zurecht. Sie hatte sich ausnahmsweise für dezente Farben entschieden. In der Mitte des runden Tisches stand ein Gesteck aus Lavendel, Kräutern und kleinen, weißen Margeriten, das edel, aber bescheiden wirkte, obwohl es sauteuer gewesen war. Die Tischdecke war lavendelfarben, dazu weiße, hübsch gefaltete Servietten, in denen ebenfalls ein Sträußchen von Lavendelblüten, Kräutern und Margeriten eingearbeitet worden waren. Sie hatte die Servietten dazu extra in die Blumenhandlung gebracht.

Aus der Küche hörte sie ein frommes Liedchen, weshalb sie beschloss, lieber noch einen Blick ins Bad zu werfen. Sie rückte unnützerweise die Gästehandtücher zurecht und ging im Geist noch einmal die Menüfolge durch. Suppe und Ragout waren fertig, Grießnockerl und Reis waren ebenso vorbereitet wie die Topfencreme und das Himbeermark, es gab absolut nichts mehr zu tun. Trotzdem flatterte Maria aufgeregt hin und her, als sie in die Küche kam.

Eben fuhr Juliane vor und wollte ihren Mini unter Missachtung des Halteverbots direkt vor dem Haus parken, was von einem der Bodyguards verhindert wurde, weil hier der Wagen des Heiligen Vaters halten würde. Katharina lächelte. Juliane kam in manchem mehr nach ihrem Vater, aber die Ignoranz gegenüber jeglicher Hierarchie hatte sie wohl von ihr. Juliane stieg wieder ein und parkte ihren Wagen einige Häuser weiter, ehe sie im Laufschritt zum Haus zurückkam. Axel bedeutete den Bodyguards, sie durchzulassen.

„Was ist denn hier los? Da sieht's ja aus, als ob ein Terrorist zu Besuch käme. Ich dachte, der Papst ist in friedlicher Mission unterwegs."

Sie erhielt keine Antwort, weil in dem Moment der Wagen mit dem Heiligen Vater vorfuhr. Die Menge jubelte, Leo winkte, stieg aus, winkte, segnete sie, ging zum Haus, winkte noch einmal und betrat die Villa, dicht gefolgt von Monsignore Rinaldo.

Katharina ging ihnen entgegen. „Willkommen in unserem Haus. Deinen Schwager und deine Nichte kennst du ja bereits. Monsignore, mein Mann Axel Bender und meine Tochter Juliane. Bitte, kommt weiter." Ihre Stimme schien gelassener zu klingen als sie sich fühlte und ihr Gang schien ihr selbst so aufrecht, als hätte sie einen Besen verschluckt, während Maria mit hochroten Wangen auf Leo zuflatterte.

Axel reichte Champagner. Leo nippte daran und bat um ein Glas Wasser.

„Mineralwasser?", fragte Juliane.

„Leitungswasser. Wenn ich in Wien bin, trinke ich immer Leitungswasser."

Juliane wollte scheinbar etwas erwidern, überlegte es sich jedoch und ging in die Küche, um das Gewünschte zu holen. Einen Moment herrschte unangenehme Stille, ehe Maria besorgt fragte: „Hattest du einen anstrengenden Tag? Du siehst müde aus."

„Danke. Wir hatten in der Tat einige anstrengende, wenn auch sehr interessante Gespräche."

„Vor allem das mit unserem Bundespräsidenten stelle ich mir interessant vor, so viel man hört ist er Agnostiker", warf Katharina ein.

„Wir sprachen über Geschichte und über das Wetter", antwortete Leo salbungsvoll.

„Wie aufschlussreich", entgegnete Katharina, dann bat sie zu Tisch.

Maria wollte schon in die Küche eilen, aber Katharina drückte sie auf den nächstbesten Sessel: „Juliane wird mir helfen, du bleibst sitzen."

***

Maria hätte nur zu gerne in der Küche geholfen, schon allein deshalb, weil die Stimmung im Esszimmer so frostig war. Käthe benahm sich, als hätte sie einen Fremden zu Gast, wobei ihr Ton Monsignore Rinaldo gegenüber geradezu familiär war. Wenn sie hingegen mit Leo sprach, nahm ihr Gesicht einen hochmütigen Ausdruck an, fand Maria. Anderseits bewunderte sie sie für ihre weltmännische Art. Sagte man eigentlich weltmännisch, wenn man von einer Dame sprach? Ach, es gab so vieles, das sie nicht wusste. Sie hätte gerne dazu beigetragen, die Stimmung etwas aufzulockern, aber wie immer, wenn sie sich besonders bemühte, fiel ihr nichts ein, was sie hätte sagen können.

Auch Juliane versuchte mehrfach ein familiäres Gespräch in Gang zu setzen, doch Leos Antworten blieben einsilbig und Axel sprach überhaupt nur, wenn er Getränke anbot. Er pries Weiß- und Rotwein an und hätte wohl auch einiges über die Weine zu erzählen gehabt, wie Maria wusste, aber Leo trank Wasser und der Monsignore ein Glas Bier.

Das Essen war geschmackvoll und gut, wie alles, was Katharina kochte. Monsignore Rinaldo war voll des Lobes und ließ sich auch gerne nachgeben, Leo hingegen aß nur sehr wenig.

„Schmeckt es dir nicht?", fragte Käthe eben. „Es ist ein Rezept unserer Mutter, wenn du dich vielleicht noch erinnern kannst."

„Ach ja?", erwiderte er höflich, aber es klang uninteressiert.

Käthe fixierte ihn: „Dein Koch muss wirklich Freude an seinem Beruf haben."

„Er kocht nicht für mich alleine. Ich nehme meine Mahlzeiten immer im Kreise einiger Mitarbeiter ein. Ich frühstücke mit den Schwestern, die mir den Haushalt führen, nehme das Mittagessen meist mit einigen Kardinälen und das Abendessen mit meinen Sekretären ein."

„Die Armen. Dein Speiseplan scheint ziemlich eintönig zu sein", entgegnete Käthe.

Leo gab darauf keine Antwort, doch Monsignore Rinaldo sprang für ihn in die Bresche. „Seine Heiligkeit hat im Moment …", er errötete, fuhr aber stockend weiter, „einige … Unpässlichkeiten … der Magen." Und mit einem Blick auf Leo: „Verzeihen Sie, Heiligkeit."

Leo nickte, wohl um anzudeuten, dass er ihm verzieh. Er tat es sehr würdevoll.

„Eine Magenverstimmung. Wie lange schon?", fragte Käthe.

„Seit Ostern. Vielleicht könnten wir das Thema wechseln."

„Das könnten wir", entgegnete Käthe. Sogar Maria merkte den Sarkasmus in ihrer Stimme, „aber lass dir zuerst sagen: keine Magenverstimmung dauert ein halbes Jahr. Ich hoffe, du bist in Behandlung."

Er nickte: „Selbstverständlich."

„Der Leibarzt seiner Heiligkeit wäre auch mit uns gereist, leider ist er selbst erkrankt", setzte der Monsignore hinzu.

„Wie unangenehm für den Herrn Kollegen. Allerdings scheint er auch bisher nicht sonderlich erfolgreich gewesen zu sein", antwortete Käthe und ignorierte Marias flehentliche Blicke ebenso wie Axel, der etwas vor sich hin murmelte. Was genau, hatte Maria nicht verstanden.

„Wärst du in Rom, hätte ich natürlich dich konsultiert", versuchte es Leo mit einem Anflug von säuerlichem Humor.

„Wenn du möchtest, kann ich ja mit ihm reden", bot Käthe an. Aber Leo winkte ab: „Danke, aber das wird nicht nötig sein."

„Wie du meinst. Darf ich jetzt den Nachtisch servieren?"

Eine höfliche Frage, nur dass sie in Marias Ohren wie eine Kriegserklärung klang.

***

Leo verabschiedete sich gegen zehn Uhr. Immer noch harrten ein paar Unentwegte in der Nähe des Hauses aus, um einen Blick auf ihn zu erhaschen.

„Was für ein Aufwand, für drei Stunden angestrengter Konversation", seufzte Katharina, als der Wagen außer Sichtweite war, und tauschte ihre eleganten, aber unbequemen Pumps gegen bequeme Pantoffel.

„Lass uns noch ein Glas auf den armen Teufel trinken", meinte Axel. Maria riss entsetzt die Augen auf: „Axel, um der Liebe Christi willen, wie sprichst du von unserem Heiligen Vater?"

„Verzeih, Maria. Ich wollte weder dich noch ihn verletzen, aber sieh ihn dir doch an. Findest du, er sieht glücklich aus?"

„Er sieht aus wie eine kostümierte Marionette mit Magenschmerzen", ergänzte Katharina und hielt Axel ihr Glas entgegen. Maria bekreuzigte sich. „Also ich gehe jetzt zu Bett – und werde für euch beten."

„Ja, tu das, und nimm noch eine von den Baldrianperlen, die ich dir auf den Nachttisch gelegt habe. Morgen ist noch ein anstrengender Tag für dich."

Als Maria gegangen war, prostete sie Axel zu und sagte: „Magenschmerzen, seit Monaten, und keine Diagnose? Es würde mich nicht wundern, wenn er eine ganze Reihe von Lebensmittelallergien hätte."

Montezumas Rache

Katharina liebte es, am Samstagmorgen länger zu schlafen und ausgiebig zu frühstücken. Doch bereits um sieben Uhr früh läutete das Telefon. Sie versuchte es erst zu ignorieren und zog die Decke über den Kopf, aber nach dem x-ten Läuten hob Axel doch ab. Sie hörte ihn nur ein paar kurze Worte sagen, was genau, konnte sie nicht verstehen. Wenige Sekunden später steckte er den Kopf ins Zimmer.

„Du sollst dringend in die Nuntiatur kommen, deinem Bruder geht es nicht gut."

Jetzt war Katharina hellwach: „Was hat er denn?"

„Das hat mir der Monsignore nicht verraten. Nur, dass er eine schlimme Nacht gehabt hätte und dich bittet, sofort zu kommen, denn in zwei Stunden müssen sie nach Mariazell aufbrechen."

„Wenn er nach Mariazell will, kann es ihm ja nicht so schlecht gehen", maulte Katharina auf dem Weg ins Bad.

Fünfzehn Minuten später saß sie im Auto. Der Samstag-Morgen- Verkehr ließ eine flottere Fahrweise zu und als sie zur Nuntiatur kam, stand schon ein junger Pater bereit, der sich um ihren Wagen kümmerte, ein zweiter führte sie in einen Warteraum und ersuchte sie Platz zu nehmen. Kaum eine Minute später kam Monsignore Rinaldo. Er schien besorgt und brachte sie umgehend zu Leo. Auf dem Weg durch die Gänge der Nuntiatur berichtete er, dass seine Heiligkeit schon die ganze Nacht unter Übelkeit leide. Trotzdem beabsichtige er das vorgesehene Programm durchzuziehen. Leider sei dem Heiligen Vater nach der Morgentoilette schwindelig geworden, da habe er ihn ersucht, nach ihr zu rufen.

Leo lag vollständig bekleidet auf einer Couch und hatte die Augen geschlossen. Katharina zog einen Stuhl heran.

„Wie geht es dir jetzt?"

„Etwas besser. Ich brauche nur etwas für den Kreislauf."

Darauf ging sie nicht ein.

„Besser als wann?", fragte sie stattdessen. „Besser als gestern, besser als in der Nacht oder besser als während der Morgentoilette?"

„Schlechter als gestern, aber besser als heute Nacht."

Katharina hatte zwischenzeitlich den Blutdruckmesser ausgepackt. Der Blutdruck war zu niedrig, der Puls erhöht, aber regelmäßig. Sie legte ihre Hand auf seine Stirn.

„Fieber hast du keines. Hast du erbrochen?"

Er nickte.

„Hast du das öfter?"

„Seit Ostern, sagte ich doch."

„Führt jemand ein Ernährungstagebuch für dich?"

„Ich glaube nicht und wenn, habe ich keine Ahnung davon."

„Was hat dein Dottore denn bisher festgestellt?"

„Er vermutet ein nervöses Magenleiden und schließt dies aus dem Umstand, dass alle durchgeführten Untersuchungen negativ waren."

„Welche Untersuchungen?"

„Käthe, bitte. Wir müssen in einer Stunde los. Gib mir etwas für den Kreislauf und etwas gegen die Diarrhö. Wenn mein Leibarzt trotz aller Untersuchungen seit einem halben Jahr nicht dahintergekommen ist, wirst du es wohl in der kurzen Zeit auch nicht schaffen."

„Ich darf dich daran erinnern, dass du nach mir gerufen hast. Jetzt bin ich da. Streck bitte deinen rechten Arm hoch und versuche meinen Druck standzuhalten."

„Warum?"

„Tu's einfach."

Leo verdrehte die Augen und seufzte abgrundtief, dann folgte er ihrer Anweisung.

„Denk bitte an die Hühnersuppe, die wir gestern Abend gegessen haben."

„Käthe, bitte, ich sage doch nicht, dass es an deinem Essen gelegen hat."

„Du sollst an Hühnersuppe denken."

Er schwieg, sie drückte gegen den Arm, er hielt dem Druck stand.

„Na bitte, geht doch. Jetzt denk bitte an die Grießnockerl."

Diesmal drückte sie seinen Arm nieder.

„Entschuldige, ich war unkonzentriert."

„Du warst nicht unkonzentriert, du hast die Grießnockerl nicht vertragen. So jetzt der Reihe nach: Grieß … okay, Eier", sein Arm ging nach unten.

„Merk dir einmal die Eier. Schnittlauch … okay … Butter", wieder drückte sie seinen Arm nach unten.

„Butter also auch nicht, dacht' ich mir's doch."

„Was ist denn das für ein Unsinn", polterte seine Heiligkeit.

„Das ist kein Unsinn, das ist ein kinesiologischer Muskelreaktionstest, der mir anzeigt, welche Lebensmittel du verträgst und welche nicht. Weiter im Text: Kalbfleisch … okay … Karotten … okay … Obers", wieder ging der Arm nach unten.

Katharina setzte sich wieder und kramte in ihrer Ärztetasche.

„Ich weiß natürlich noch nicht, was dir sonst noch fehlt, aber jedenfalls hast du eine Allergie oder Unverträglichkeit gegen Eier und Milchprodukte. Hast du heute schon etwas gegessen?"

Er schüttelte den Kopf.

„Gut so. Dann nimm jetzt bitte diese grüne Kapsel für den Kreislauf und zwei von diesen grauen zur Beruhigung des Darms."

Gehorsam schluckte er die Kapseln und wollte aufstehen.

„Nein, bleib bitte noch ein paar Minuten liegen und streck bitte noch einmal deinen Arm aus."

Diesmal tat er es kommentarlos und sie wiederholte die Prozedur. Sie fragte nach Schwarztee und Semmeln. In beiden Fällen konnte er dem Druck ihrer Hand standhalten.

Dann wandte sie sich an den Monsignore: „Könnten Sie Ihrem Chef vielleicht eine Kanne Schwarztee und eine Semmel organisieren. Mehr gibt es heute leider nicht zum Frühstück."

Der Monsignore eilte davon und sie wandte sich wieder an Leo:

„Dazu nimmst du dann noch fünf von diesen Globuli, die sollten dich ein wenig aufbauen und weitere Übelkeit verhindern. Knapp vor Mariazell nimmst du noch eine von den grünen und zwei von den grauen Kapseln. Wenn du während der Fahrt noch drei Akupunkturpunkte bearbeitest, die ich dir gleich zeigen werde, solltest du für heute über die Runden kommen. Morgen könnten wir einen großen

Test machen, dann wissen wir zumindest, was du unbedenklich essen kannst."

„Wie du weißt, fliege ich heute Abend zurück."

„Nicht, wenn dir deine Gesundheit lieb ist."

„Du bist schließlich nicht die einzige Ärztin auf der Welt."

„Das nicht, aber eine der wenigen in Europa, die sich mit NAET beschäftigt."

„Und was soll das sein?"

„Eine Methode zur Bekämpfung von Allergien und Unverträglichkeiten."

Sie berichtete in raschen Worten, dass diese Methode darauf beruhte, mithilfe von Akupressur das Gehirn dazu zu bringen, Stoffe, die an sich gesund waren, wieder so zu verarbeiten, dass sie dem Körper von Nutzen waren und ihn nicht weiter belasteten.

In der Zwischenzeit war der Monsignore zurückgekehrt, hinter ihm trat ein älterer Mann ins Zimmer, der ein Tablett mit einer Kanne Tee, zwei Tassen und zwei Semmeln trug. Er stellte das Tablett umständlich ab, verbeugte sich mehrfach und ging rückwärts zur Tür hinaus. Katharina musste über so viel Untertänigkeit lächeln, verkniff sich jedoch ausnahmsweise eine Bemerkung.

„Wie dem auch sei", nahm Leo das Gespräch wieder auf, „es geht nicht. Ich muss in den Vatikan zurückkehren", sagte er mit so viel Würde, wie er unter den gegebenen Umständen aufbringen konnte.

„Wie wichtig ihr euch nehmt, in eurem Eintausend-Einwohner-Staat. Mein Gott, Leo, die werden doch ein paar Tage ohne dich auskommen. Und auf dem Balkon bist du so weit weg von den Menschen, du könntest dich glatt doubeln lassen."

Leo warf ihr einen bösen Blick zu.

„Ein Papst, der wegen so einer Lächerlichkeit wie Diarrhö ausfällt", er versuchte ein Lachen, „das ist einfach undenkbar."

„Leider hat es der liebe Gott verabsäumt, für Päpste ein eigenes Stoffwechselprogramm zu entwerfen, deshalb gibt es Übelkeit und Durchfall jetzt auch für Päpste." Sie packte demonstrativ ihre Sachen zusammen. „Was glaubst du eigentlich, wie lange du in deinem Zustand dein Amt noch vernünftig ausüben kannst?"

Sein Blick schien erschrocken.

Jetzt hatte sie ihn gepackt. Leo war ein Machtmensch, immer gewesen, sie wusste es. Er war jetzt am Gipfel angekommen, das würde er nicht leichtfertig aufs Spiel setzen wollen.

Tatsächlich schien er umzuschwenken.

„Natürlich wäre ich froh, diese ständige Übelkeit loszuwerden. Es ist nicht einfach, mein Amt unter diesen Umständen auszuüben. Aber wie stellst du dir das vor? Der Bundespräsident wird ebenso zu meiner Verabschiedung erwartet wie der Kardinal, von tausenden Schaulustigen gar nicht zu reden. Ich muss einfach abreisen."

„Verzeihung, Heiligkeit, wenn ich mich einmische", meldete sich der Monsignore aus der zweiten Reihe. „Es wäre natürlich erfreulich, wenn es Ihnen gelänge, die Erwartungen der Menschen an diesem heutigen Tage zu erfüllen, falls Sie sich dazu in der Lage sehen. Ich glaube auch, es wäre günstig, in das Flugzeug zu steigen, und wahrscheinlich sollten sie sogar abfliegen, aber vielleicht könnte der Pilot Sie wieder zurückbringen. Sie könnten das Flugzeug später inkognito verlassen. Wenn Eure Heiligkeit das wünschen, werde ich versuchen, es zu organisieren."

„Inkognito? In meiner weißen Soutane."

„Verzeihung Heiligkeit, aber ich dachte eher an meinen schwarzen Anzug."

„Und meine Termine? Das Angelusgebet, die Generalaudienz, mein Kalender ist voll."

„Es wird seiner Eminenz, dem Kardinal-Staatssekretär, eine Ehre sein, Sie zu vertreten, wie er es in den letzten Wochen, wenn ich mir diese Bemerkung gestatten darf, bereits öfter tun musste."

Leo schien darüber nachzudenken, dann wandte er sich an Katharina: „Wie lange würdest du brauchen, um diese, äh, Unverträglichkeiten zu beseitigen?"

„Schwer zu sagen, nach dem Test wissen wir mehr. Wir könnten morgen beginnen. In zwei, drei Wochen sollten wir zumindest die wichtigsten Stoffe behandelt haben. Im Anschluss an jede Behandlung ist eine 25-stündige Karenz einzuhalten. Wenn du ständig unter meiner Beobachtung wärst, könnte ich immer wieder testen, ob die Behandlung anschlägt, um sie notfalls schon früher zu wiederholen. So sparen wir Zeit."

„Soll ich die Nuntiatur verständigen, dass Seine Heiligkeit den Aufenthalt verlängern werden?", fragte der Monsignore diensteifrig.

„Mein Bruder wird bei mir wohnen."

„Aber das Protokoll verlangt …"

„Seine Heiligkeit wird inkognito sein. Dafür gibt es vermutlich nicht einmal im Vatikan ein passendes Protokoll."

*

Schon auf dem Heimweg haderte sie mit sich: Worauf hatte sie sich da nur eingelassen? Sie war mit Leo noch nie besonders gut ausgekommen, schon gar nicht auf längere Zeit, und jetzt würde er ihr tagelang im Nacken sitzen.

Als sie nach Hause kam, saß Axel in der Küche und las die Sonntagszeitung. Ihr Frühstücksplatz war gedeckt.

„Na, wie geht es ihm?"

„Wie ich es vermutet habe. Er verträgt weder Milchprodukte noch Eier und das gestrige Abendessen war voll davon."

„Aber du hast dich doch genau an die Vorgaben seines Arztes gehalten."

„Ein Quacksalber, der an Nahrungsmittelallergien überhaupt nicht gedacht hat. Der Speiseplan bestand einfach aus Diätkost, wie man sie jemandem verordnet, der an Gastritis leidet. Dafür hat Leo schon jede Menge Untersuchungen hinter sich: Magenspiegelung, Darmspiegelung, das volle Programm. Hör zu, ich werde ihn behandeln und er wird für die Dauer der Behandlung bei uns wohnen."

Während sie sich einen Capuccino machte, erzählte sie, was sie ausgeheckt hatten. „Es ist dir doch hoffentlich recht?", beendete sie ihre Erzählung.

Axel zuckte die Schultern, begeistert sah er nicht aus.

„Du hast aber nicht vergessen, dass Florian und James am Montag kommen?"

Katharina ließ sich auf den nächsten Sessel fallen und schlug mit der flachen Hand gegen die Stirn: „Das habe ich total vergessen. Scheibenkleister. Daran habe ich überhaupt nicht gedacht." Sie atmete tief durch, dann stand sie auf: „Egal, da muss er jetzt durch, und wir auch."

„Vielleicht könnten wir Florian und James getrennt unterbringen", überlegte Axel.

„Du meinst Florian hier und James im Hotel?" Einen Moment lang schien ihr das verlockend, doch dann sagte sie: „Nein, das werden wir nicht tun. Wie hast du letzthin gesagt: Wir müssen uns der Sache stellen. Das hier wird die beste Gelegenheit."

Alltag mit Seiner Heiligkeit

Gegen einundzwanzig Uhr war das Flugzeug mit dem Papst an Bord in Schwechat gestartet, knapp nach Mitternacht stieg Leo in Hietzing aus dem Taxi. Axel ging dem späten Besucher entgegen und kam gerade zurecht, als der Taxifahrer rief: „He, Sie da! Was ist mit zahlen?"

„Ach ja, entschuldigen Sie, ich bin es nicht gewohnt ...", stotterte Seine Heiligkeit.

„Ich erledige das", kam Axel ihm zu Hilfe und zückte seine Geldbörse.

Katharina, die die Szene vom Fenster aus beobachtet hatte, schüttelte den Kopf und ging ihrem Bruder entgegen: „Wie siehst du denn aus?", entfuhr es ihr, als sie ihn genauer ansah. Er sah an sich herab: „Monsignore Rinaldo ist eben etwas kleiner und fülliger als ich."

„Hattest du denn keinen Anzug dabei?"

„Ich trage doch immer meine weiße Soutane", entgegnete er steif.

Das kann ja heiter werden, dachte Katharina. Nun gut, sie hatte sich das eingebrockt, also würde sie es auch auslöffeln und sie würde versuchen das Beste daraus zu machen. Also begann sie erstmal mit positivem Zuspruch: „Du hast dich heute übrigens gut gehalten, das muss doch wahnsinnig anstrengend für dich gewesen sein."

„Mit Disziplin ist eben vieles möglich", entgegnete er mit hoheitsvoller Miene. Schon schwanden ihre guten Vorsätze. Sie zog eine Augenbraue hoch und bemühte sich um einen ebenso hoheitsvollen Ton, als sie antwortete: „Und ich dachte schon, die Medikamente hätten die Sache begünstigt."

Er zögerte einen Moment: „Mag sein." Dann wünschte er ihnen eine gesegnete Nachtruhe und schritt erhobenen Hauptes die Treppe hinauf.

Katharina hatte das Gästezimmer für ihn vorbereitet, in dem Maria gewohnt hatte. Das Zimmer verfügte über Bad und Toilette.

„Wie lange, hast du gesagt, bleibt er?", fragte Axel, nachdem Leo in seinem Zimmer verschwunden war.

„Keine Ahnung, aber ich werde alles tun, um seinen Aufenthalt so kurz wie möglich zu halten, das kannst du mir glauben."

∗

Der Test ergab, dass Leo außer auf Fleisch, Pute, Fisch, Salz und Hefe auf so ziemlich alles mit einem schwachen Testmuskel reagierte, was bedeutete, dass sein Körper diese Stoffe, infolge einer Allergie oder Unverträglichkeit, nicht richtig verarbeiten konnte.

„Das ist doch Unfug. Es gab immer wieder Tage, an denen es mir gut ging."

„Natürlich gab es die. Ich habe vorerst nur die Produktgruppen getestet. Nimm beispielsweise das Getreide. Damit hast du laut Test ein Problem. Es kann aber sein, dass du einzelne Getreidesorten gut verträgst, das stellen wir später fest."

„Wann später?"

„Wir behandeln vorerst das Ei und die Milchprodukte. Danach testen wir, was du sonst noch verträgst, und erstellen eine Liste der geeigneten Lebensmittel."

„Gut, dann bin ich in zwei, drei Tagen wieder im Vatikan."

„Unwahrscheinlich. Da müsste dein Chef schon ziemlich direkt eingreifen, aber bis dato hat er sich auffallend zurückgehalten. Deswegen beginnen wir jetzt mit der Grundbehandlung. Bitte tief einatmen."

„Nicht bevor du mir sagst, wie lange ich bleiben muss, falls ich mich auf diese sogenannte ‚Behandlung' überhaupt einlasse." Er hatte dem Wort Behandlung eine besondere Betonung gegeben, aber sie ging nicht darauf ein. Stattdessen fragte sie: „Warum hast du es denn so eilig, in dein nobles Gefängnis zurückzukommen? Sei doch froh, wenn du ein paar Tage ausspannen kannst, dein Körper hat es wirklich nötig. Hast du denn kein Vertrauen in deinen Vertreter?"

„Der Kardinal-Staatsekretär galt als einer der hoffnungsvollsten Anwärter auf den Heiligen Stuhl. Er zählt nicht gerade zu meinen besten Freunden."

„Wie alt ist er?"

„Zweiundsiebzig."

„Zehn Jahre älter? Dumm gelaufen für den Herrn Kardinal-Staatssekretär, wenn ich dich jetzt wieder fit mache, wird das wohl nichts mehr werden. Wobei ich die lebenslängliche Wahl an sich für ein Unding und einen Anachronismus sondergleichen halte."

„Was verstehst du schon von der Kraft der göttlichen Autorität, die mit dem Apostolischen Stuhl verbunden ist. Erspar mir also bitte deine Weisheiten."

Darauf hätte sie manches zu erwidern gehabt, doch sie sagte nur: „Dann atme gefälligst ein!"

*

Auf dem Heimweg aus der Praxis fragte Leo: „Wie bist du auf diese … äh … Methode gekommen?"

„Ich hatte selbst etliche Allergien. Es hat schon begonnen, als ich noch meinen Turnus gemacht habe. Erst dachte ich, es wäre irgendein Krankenhauskeim. Es hat eine Zeit gedauert, bis ich verstanden habe, dass es sich um Allergien und Unverträglichkeiten handelt. Aber dann war mir immer noch nicht geholfen, denn außer ‚weglassen' fällt der Schulmedizin ja nichts ein. Es hat dann noch Jahre gedauert, bis ich durch Zufall auf diese Methode gestoßen bin."

Als sie wenig später ihren Wagen vor der Villa parkte, sagte sie ziemlich beiläufig: „Übrigens, Axels Sohn, Florian, kommt morgen. Er studiert seit Feber in London und bringt einen Freund mit."

„Wie schön für deinen Mann."

„Nicht nur für ihn. Juliane und ich freuen uns auch auf Florian. Noch etwas: Mein Mann ist dein Schwager und da du für die nächsten Tage unter unserem Dach wohnen wirst, darf ich dich bitten, ihm auch so zu begegnen - und nicht wie einem deiner Lakaien."

„Sind wir nicht alle Diener?", fragte Leo, es klang sehr salbungsvoll.

„Du weißt schon, was ich meine."

Leo überging den Rüffel: „Was macht - mein Schwager - eigentlich beruflich?"

„Er besitzt mehrere Papierwarengeschäfte."

„Wie interessant. Welches Fach hat er studiert?"

„Er hat gar nicht studiert." Obwohl er darauf keine Antwort gab, meinte Katharina seine Vorbehalte nahezu körperlich zu spüren und erwiderte scharf: „Er beherrscht dennoch die Kulturtechniken schreiben, lesen und rechnen. Rechnen kann er sogar ziemlich gut."

Der Rest des Tages verging einigermaßen konfliktfrei, was vermutlich auch daran lag, dass Katharina und Axel zum Mittagessen bei Axels Mutter eingeladen waren. Leo hatte es sich mit einer Kanne Tee, einer Schinkensemmel, Katharinas Allergiebuch und mehreren Zeitungen in der Veranda gemütlich gemacht.

Als sie nach Hause kamen, schlugen sie ihm einen Abendspaziergang vor.

„Und wenn mich jemand sieht?"

„In der Aufmachung erkennt dich kein Mensch. Morgen müssen wir ohnehin einkaufen gehen, so kannst du schließlich nicht herumlaufen", ordnete Katharina an.

„Unmöglich. Erstens habe ich kein Bargeld bei mir und zweitens kann ich nicht einfach in Wien herumspazieren. Die Gefahr, erkannt zu werden, ist einfach zu groß."

„Wenn dich etwas verrät, dann dieser lächerliche Anzug, dem man von Weitem ansieht, dass er nicht dir gehören kann."

Nach einigem Hin und Her gab er zu, dass er etwas Wäsche und Kleidung brauchen würde, und sie überzeugten ihn davon, dass niemand ihn erkennen würde, weil niemand ihn hier vermutete.

„Und wenn doch, sagen Sie einfach, Sie wären schon öfter auf eine Ähnlichkeit mit dem Heiligen Vater angesprochen worden", meinte Axel.

„Haben Sie für alles im Leben so eine schlichte Lösung? Apropos: Als wen werden Sie mich ihrem Sohn vorstellen?"

„Florian wird eingeweiht und James sagen wir einfach nur, dass du mein Bruder bist. Theologieprofessor aus Rom, derzeit auf Urlaub. Wir haben das alles schon besprochen", antwortete Katharina an Axels Stelle.

***

Die Presseberichte zum Papstbesuch waren durchaus unterschiedlich. Während eine Zeitung hämisch erwähnte, dass eine Schwester des Papstes ein uneheliches Kind habe, berichtete ein zweite, dass die jüngere Schwester geschieden sei und in wilder Ehe mit einem Finanzberater zusammenlebe.

„Viel Mühe haben die sich mit der Recherche nicht gemacht", meinte Axel und wandte sich der nächsten Zeitung zu, aber der waren die Schwestern des Heiligen Vaters gar keine Erwähnung wert. Einzig Felix berichtete wie vereinbart in wohl gesetzten Worten davon, dass der Heilige Vater am Freitagabend mit seinen beiden Schwestern und deren Familie zusammengetroffen sei, um einen gemütlichen Abend zu verbringen. Alle übrigen Interviewanfragen hatten sie abgelehnt.

„Alles in allem sind wir ganz gut davongekommen", meinte auch Katharina und deutete auf ein Bild, dass während der Abschlussmesse im Dom geschossen worden war. „Nur dieses Foto hätte wirklich nicht sein müssen."

Axel sah ihr über die Schulter: „Zugegeben, es ist nicht sehr vorteilhaft für Maria und uns, nur Juliane sieht gut aus."

„Kunststück, in ihrem Alter habe ich auch gut ausgesehen."

„Du siehst immer noch gut aus", sagte Axel und warf ihr eine Kusshand zu, was Leo dazu veranlasste, sich zu räuspern.

Später fragte Katharina ihn: „Warst du mit dem Erfolg deines Besuches zufrieden?"

„Ganz außerordentlich. Ich war wirklich erstaunt über das große Interesse, meine Landsleute haben mir zugejubelt."

Da schau her, eitel auch noch, dachte Katharina. Laut sagte sie: „Das ist eine ihrer Spezialitäten. Wenn du dich erinnerst, 1938, auf dem Heldenplatz haben sie auch gejubelt."

Er warf ihr einen Blick zu, der schüchternen Naturen das Blut in den Adern hätte gefrieren lassen, aber sie lächelte nur: „Stimmt doch."

*

Montagabend kamen Florian und James. Zwei so hübsche Burschen, dachte Katharina, während sie Florian umarmte und seinen Freund herzlich willkommen hieß.

„Ich freue mich hier zu sein. Danke für die Einladung", antwortete James nicht ganz akzentfrei.

„Sie sprechen ja deutsch", freute sie sich.

„Not really", lachte James und Florian klärte sie darüber auf, dass sich James' Deutschkenntnisse im Wesentlichen auf diesen einen Satz beschränkten, den er seit ihrem Abflug von Heathrow ständig wiederholt hatte.

„Ich bin auch schon drauf reingefallen", lachte Axel und schnappte sich eine der Reisetaschen. „Wir haben euch im Mansarden-Studio untergebracht, da habt ihr mehr Platz."

„Wow", freute sich Florian. „Du überlässt uns dein geheiligtes Studio? Danke Papa."

Das Mansarden-Studio war üblicherweise Axels alleiniges Reich, weil es mit einer teuren Musikanlage und einer umfangreichen Plattensammlung ausgestattet war. Doch diesmal hatten sie sich für das Studio entschieden, weil es nicht direkt an Leos Zimmer grenzte.

Als Axel später zu Katharina in die Küche kam, die auf Florians Wunsch einen Schweinsbraten im Rohr hatte und eben die Semmelknödel ins heiße Wasser legte, sagte er: „Das kann ja heiter werden. James spricht kein Wort deutsch und ich verstehe kaum etwas von dem, was er sagt."

Katharina ging es ebenso. Sie konnte jedes Wort verstehen, das Florian an James richtete, aber sie verstand kaum etwas von dem, was James antwortete.

Leo hatte sich erst geweigert, am Abendessen teilzunehmen: „Ich kann doch keinen Schweinsbraten essen."

„Doch, kannst du", hatte sie geantwortet. „Statt der Knödel bekommst du Reis. Fleisch und Salat sind kein Problem, das haben wir doch heute Mittag getestet." Zögernd hatte er sich zu Tisch gesetzt. Bald stellte sich heraus, dass er keine Mühe hatte James zu verstehen und auch nicht händeringend nach Vokabeln suchen musste. Bis zu

Julianes Eintreffen, die wieder einmal zu spät kam, war er der Einzige, der sich mit James unterhielt, als käme der von nebenan, und da er zu Katharinas Erleichterung offensichtlich keinen Verdacht schöpfte, welcher Art die Freundschaft zwischen Florian und James war, verbrachten sie einen vergleichsweise angenehmen Abend.

*

„Ich habe mich die ganze Zeit gefragt, wie Leo reagieren wird, wenn er die Wahrheit über Florian und James herausbekommt?", sagte Axel, während er das Licht ausmachte.

„Ich will es gar nicht wissen", antwortete Katharina gähnend. „Aber von Männern, die sich zu Eunuchen machen, weil sie der Meinung sind, auf diese Weise Gott besser dienen zu können, darf man kaum Verständnis erwarten, wenn es um gleichgeschlechtliche Liebe geht."

„Sollte anderseits nicht gerade der Papst ein Musterbeispiel gütiger Toleranz sein?"

„Seiner Güte wegen werden sie ihn kaum gewählt haben."

„Warum haben sie ihn, deiner Meinung nach, gewählt?"

„Liebling, ich weiß es nicht, frag ihn. Ich möchte jetzt schlafen." Sie gab ihm einen Kuss und drehte sich zur Seite.

Doch obwohl sie wirklich müde war, konnte sie noch lange nicht einschlafen, zu viele Dinge gingen ihr durch den Kopf. Sie hatte die Grundbehandlung bei Leo viermal wiederholen müssen. Dabei ging es darum, die Schwingung von Körper und Geist zu harmonisieren. Konnte es sein, dass Leos Körper nicht einverstanden war mit dem, was sein Geist ihm diktierte? Möglicherweise war das auch die Ursache seiner Nahrungsmittel-Unverträglichkeiten. Aber Leo lebte doch schon ewig zölibatär, zumindest soweit ihr bekannt war. Während sie sich ruhelos im Bett herumdrehte, fiel ihr plötzlich Erika wieder ein, eine von Leos Studienkolleginnen, die ganz offensichtlich in ihn verliebt gewesen war. Und Leo? Hatte er Erika auch geliebt?

Begegnung mit der Vergangenheit

Endlich war Leos Grundbehandlung abgeschlossen und Katharina konnte mit der Behandlung der Ei-Unverträglichkeit beginnen. Sie drückte ihm eine Phiole mit einer Flüssigkeit in die Hand, die die Schwingung des Allergens beinhaltete, und klopfte mehrfach entlang seiner Wirbelsäule auf und ab, ehe sie einige Akupunkturpunkte massierte. Zum Abschluss musste er mit dem Allergen in der Hand zwanzig Minuten ruhen. Sie hatte es sich mit einem Buch neben ihm bequem gemacht. Nach einigen Minuten ließ sie das Buch sinken: „Weißt du eigentlich, was aus Erika geworden ist?"

„Erika Wagner?"

Wenigstens versucht er nicht mir weiszumachen, er wüsste nicht, wer Erika ist, dachte sie und nickte zustimmend.

„Soviel ich weiß, hat sie nach ihrem Studium als Universitätsassistentin gearbeitet. Warum fragst du?"

„Ich überlege, sie einzuladen."

Er schnellte hoch: „Wie bitte?"

Sie drückte ihn aufs Bett zurück. „Entspann dich, war nur so eine Idee. Ich weiß ja auch gar nicht, wo sie lebt", dann nahm sie ihre Lektüre wieder auf. Über Erika wurde nicht mehr gesprochen.

Bevor sie ging, schärfte sie ihm noch einmal ein: „Vergiss nicht, 25 Stunden kein Kontakt mit Eiern, Vögeln und Feder sowie mit allen Produkten, die Ei beinhalten, und keinen Alkohol."

„Ich weiß, ich habe dein Buch gelesen."

Sie eilte in die Ordination und hatte gerade noch Zeit, den Namen Erika Wagner in Google einzugeben. Google erbrachte dazu 4,210.748 Suchergebnisse, dann kam der erste Patient.

Nach dem Abendessen spezifizierte sie ihre Suche und wenig später war sie fündig geworden. Frau Prof. Dr. Erika Wagner lehrte Exegese des Neuen Testamentes an der Universität Wien. Das traf sich doch gut.

Am nächsten Morgen beauftragte sie ihre Sprechstundenhilfe damit, Erikas E-Mail-Adresse herauszufinden, und schon am Nachmittag schrieb sie:

Liebe Erika, ich hoffe, du erinnerst dich noch an mich.

Anlässlich von Leos Besuch haben wir ein wenig in der Erinnerung ge-kramt. Leo hat nach dir gefragt und ich musste zugeben, dass ich keine Ahnung habe, wie es dir geht und was du so treibst. Ich würde das sehr gerne ändern und mich sehr freuen, von dir zu hören.

LG – Katharina

Noch am gleichen Abend erhielt sie eine Antwortmail:

Liebe Katharina,

selbstverständlich erinnere ich mich an dich, konnte ich dich doch erst an-lässlich der Papstmesse im Fernsehen bewundern. Gut siehst du aus. Ich würde mich ebenfalls sehr freuen, von dir zu hören – noch besser wäre, dich zu sehen.

Bis bald – Erika

PS: Habe dein interessantes Buch gelesen.

Gut so, dachte Katharina, fuhr den Computer herunter und ging zu Bett.

*

Leo war ein sehr disziplinierter Patient, was sich durchaus güns-tig auf den Behandlungsverlauf auswirkte. Sicher wollte er sobald wie möglich in den Vatikan zurückkehren. Auch Katharina sehnte den Tag seiner Abreise bereits herbei, denn er war kein einfacher Hausgast.

Schon frühmorgens bestand er darauf, seinen Early-Morning-Tea zu trinken. Nachdem sie, ohnehin keine Frühaufsteherin, wenig Ambitionen zeigte, um 5 Uhr 30 Tee zu kochen, musste er ihn, gezwungenermaßen, selbst zubereiten. Nach dieser Aktion war das ganze Haus munter, auch Florian und James im Mansarden-Studio. Danach telefonierte er ausgiebig mit Monsignore Rinaldo, selbstverständlich vom Festnetz, weil er es ablehnte, sein Handy zu benutzen. Wenn Katharina tagsüber nach Hause kam, um nach ihm zu sehen, fand sie ihn zumeist lesend im Wohnzimmer oder in der Veranda. Manchmal telefonierte er auch mit Rom – die nächste Telefon-Rechnung würde ein Hit werden.

Dank der jeweiligen Karenzen (nach dem Ei behandelten sie Kalzium) gelang es ihr immerhin, ihn aus der Küche zu verbannen.

Am schlimmsten waren jedoch die Abende, denn er lehnte es ab, in seinem Zimmer fernzusehen, und nahm stattdessen in der Club-Garnitur Platz. Dort blieb er solange, bis sich jemand zu ihm setzte, um ein gutes Gespräch mit ihm zu führen, wie er das nannte. Ein gutes Gespräch war für Leo eines über Philosophie oder Kirchengeschichte. Da weder Katharina noch Axel über besondere Kenntnisse dieser Art verfügten, wurde aus solchen Gesprächen schnell ein Monolog und an einen entspannenden Fernsehabend war nicht mehr zu denken.

Am Mittwochabend reichte es Katharina. Um 23 Uhr 15 schrieb sie eine Mail an Erika:

Liebe Erika,

jetzt, wo wir nach so vielen Jahren endlich wieder Kontakt haben, bin ich total ungeduldig. Wie wär's, wenn du schon morgen Abend bei uns vorbeikämest? Mein Mann und ich würden uns sehr freuen. Was meinst du?

In gespannter Erwartung – Katharina

Erika schien ein Nachtmensch zu sein, denn sie antwortete prompt:

Gerne! Wohin soll ich kommen – und wann?

LG – Erika

PS: Schade, dass Leo schon wieder auf seinem Heiligen Stuhl sitzt. Ich habe mehrfach versucht, mit ihm Kontakt aufzunehmen, leider vergeblich.

„Die werden Augen machen!", murmelte Katharina vor sich hin, gab Adresse und Uhrzeit bekannt und schaltete den Computer aus.

***

Als Maria das Arbeitszimmer der Mutter Oberin verließ, war sie am Boden zerstört. Alles, nur das nicht, hämmerte es in ihrem Kopf. Automatisch nahm sie Kurs in Richtung Kapelle. Sie trat ein, steuerte auf ihren Lieblingsplatz zu, kniete nieder und betete voller Inbrunst: „Lieber Gott, lass das nicht zu. Lass das bitte, bitte nicht zu. Das ist doch totaler Quatsch. Was heißt, der Kindergarten rechnet sich nicht. Muss sich denn alles im Leben rechnen? Und warum musste man deswegen Kloster Kreuzenstein schließen?"

Durch das Fenster stahl sich ein Sonnenstrahl. War das ein Zeichen? Sie bekreuzigte sich und ließ sich langsam auf die Bank gleiten. Kloster Kreuzenstein war ihre Heimat, seit fast vierzig Jahren. Nun sollte sie ins Mutterhaus übersiedeln. Sicher wird sich auch dort eine adäquate Beschäftigung finden, hatte die Mutter gesagt. Sie wollte aber keine adäquate Beschäftigung, sie wollte ihren Klostergarten pflegen und im Kindergarten aushelfen, den sie so lange geleitet hatte. Seit diesem dummen, kleinen Kollaps, den sie vor über einem Jahr gehabt hatte, beschäftigten sie eine weltliche Kindergärtnerin aus der Umgebung, das kostete natürlich eine Stange Geld. Vielleicht konnte sie den Kindergarten wieder übernehmen, oder sie könnten anderswo einsparen. Langsam verließ sie die Kapelle. Sie würde heute Abend mit Schwester

70

Agnes bei einem Klosterlikör darüber reden. Vielleicht fiel ihnen gemeinsam eine Lösung ein. Sicher wollte Agnes genau so wenig nach Wien ins Mutterhaus übersiedeln wie sie selbst. Die jüngeren Kolleginnen freuten sich angeblich auf den Wechsel, sagte die Mutter Oberin, von denen war vermutlich keine Unterstützung zu erwarten.

Kurz nach dem Abendessen klopfte es an Marias Tür. Schwester Agnes brachte nicht nur eine neue Flasche Klosterlikör, sondern auch eine Dose mit Keksen mit.

„Vergelt's Gott", sagte Maria, holte die Likörgläser und schenkte ein. Sie prosteten einander zu.

„Meinst du, dein Bruder könnte uns helfen?", fragte Agnes und angelte einen Keks aus der Dose.

„Aber Agnes, ich kann ihn doch nicht mit solchen Kleinigkeiten belästigen. Außerdem, wie ich Leo kenne, wird er mich an mein Gelübde erinnern und mir einen Vortrag über Gehorsam halten." Plötzlich kicherte sie: „Schon komisch, manchmal verwendet er die gleichen Phrasen, wie unsere Mutter sie verwendet hat."

„Nach allem, was du mir über deine Mutter erzählt hast, klingt das nicht sonderlich sympathisch."

„Sympathisch?", Maria überlegte. „Ich weiß nicht. Wenn er will, kann er durchaus liebenswürdig sein. Er ist sehr intelligent und war immer schon so überlegen, wie Mutter eben auch. Und alles, was er tut, ist sehr genau durchdacht."

„Dann muss er wirklich ganz anders sein als du. Schade eigentlich. Es wäre schön gewesen, sich unseren Papst als weisen, gütigen Mann vorzustellen. Ein wenig Humor sollte er auch haben."

„Meine Schwester Käthe hält nur wenig von seiner Güte und gar nichts von seinem Humor, aber du weißt ja, die beiden mögen einander nicht besonders. Sie sagt, Leo sei ein Machtmensch."

Agnes füllt noch einmal die Likörgläser und schien nachzudenken, ehe sie sagte: „Wahrscheinlich hat sie recht, ich glaube auch, dass mit Güte und Weisheit im Vatikan kein Blumentopf zu gewinnen ist. Ohne Ehrgeiz und Geschmack an der Macht wurde wahrscheinlich noch keiner mehr als ein schlichter Monsignore. Ich habe da neulich ein

Buch gelesen, einen Roman, natürlich, da gab's jede Menge Missgunst und böse Intrigen." Sie nahm noch einen Schluck, dann stopfte sie sich ein Kissen leicht ins Bockshorn jagen, das gefiel Maria auch so an ihr. in den Rücken und sagte entschlossen: „Na gut, dann müssen wir uns eben etwas anderes einfallen lassen."

Agnes ließ sich nicht so leicht ins Bockshorn jagen, das gefiel Maria auch so an ihr.

Frauenpower

„Was meinst du, wie Onkel Leo auf seine alte Liebe reagieren wird", fragte Juliane am Telefon.

„Ich weiß es nicht, aber wenn du willst, kannst du dich selbst von seiner Reaktion überzeugen. Wäre schön, wenn du dabei wärst."

„Sorry, aber heute geht's wirklich nicht. Sag, hat er wirklich noch nicht überrissen, was mit Flori und James los ist?"

„Sicher nicht. Die beiden benehmen sich aber auch untadelig. Flori ist …"

„… ein Schatz. Ich weiß Mama. Also dann, bis bald."

Katharina legte lächelnd auf. Juliane und Florian waren immer gut miteinander ausgekommen, vor allem weil Florian sich von Anfang an unterworfen hatte. Aber ein wenig eifersüchtig war Juliane wohl immer gewesen. Florian war aber auch ein besonders artiges Kind gewesen. Anders als Juliane, die immer schon eigensinnig und sehr selbstständig gewesen war, war er kuschelig und anschmiegsam gewesen, ein guter Schüler dazu. Juliane hingegen hatte immer tausend andere Dinge im Kopf gehabt und an die Zeit ihrer Pubertät wollte Katharina lieber nicht zurückdenken. Florian hatte ihnen nicht einmal da Probleme gemacht und im Traum hätten sie nicht daran gedacht, dass er einmal etwas anderes als ein gelehrter Professor und treu sorgender Familienvater werden würde. Das mit dem Professor konnte noch werden, mit der Familie sah es allerdings weniger gut aus.

Was soll's. Er hatte sich seine sexuelle Neigung nicht ausgesucht und war immer noch der gleiche Mensch.

Dafür war ihr Verhältnis zu Juliane derzeit problemlos – wenn sie ihr nicht gerade einen Reporter auf den Hals hetzte.

Sie sah auf die Uhr. Schon halb drei, jetzt wurde es aber Zeit, schließlich musste sie noch kochen – ohne Milchprodukte, damit Leo alles mitessen konnte. Gar nicht so einfach, wie Katharina jetzt bemerkte. Letztendlich entschied sie sich für marinierte Pilze als Vorspeise, danach Lachs auf Sauerkraut und zum Abschluss würde sie Obstsalat machen, für alle Übrigen konnte sie Vanilleeis dazu anbieten.

Voll Vorfreude erledigte sie den Einkauf und betrat leise vor sich hinsummend die Veranda, wo Florian und James eben ein Schäferstündchen hielten.

„Seid ihr denn wahnsinnig?", zischte sie die beiden an, die erschrocken auseinander fuhren. Toleranz hin oder her, aber sie musste ja nicht zusehen.

„Entspann dich, Mum, Onkel Leo ist gerade zu seinem Spaziergang aufgebrochen."

„Trotzdem. Trollt euch in euer Studio."

„Aber wenn wir schön artig sind, dürfen wir hier bleiben, gell. Hier ist es um diese Zeit so herrlich sonnig", bettelte Florian in Kleinkind-Manier.

„Von mir aus", brummte Katharina und ging in die Küche.

*

Knapp vor sieben rief sie zum Abendessen und überraschte mit einem Hausaperitif, wie sie die Mischung aus Mangosaft, Aperol und Prosecco nannte. Leo bekam ausnahmsweise auch ein Glas. Er hatte seine Karenzzeit am Nachmittag positiv beendet und Katharina hatte angeordnet, erst am nächsten Tag mit der Behandlung fortzufahren, damit sich sein Körper erholen könne.

„Ich erhole mich doch unausgesetzt", hatte Leo gekontert.

„Das kommt die nur so vor. Für deinen Körper ist das alles sehr anstrengend und auf die paar Stunden darf es nicht ankommen."

Nur Alex wusste von dem Überraschungsgast. Als es wenige Minuten nach sieben läutete, wollte Florian zur Tür gehen, doch Katharina hielt ihn zurück: „Lass mich das machen."

Erika war eine imposante Erscheinung geworden. Katharina hatte sie groß und sehr schlank in Erinnerung gehabt. Nun war sie immer noch groß, nicht mehr ganz so schlank, trug einen Hosenanzug aus dunkelblauem Jeansstoff, dazu ein gemustertes Shirt und ein passendes

Schultertuch. Das dunkle Haar zeigte mehrere Silbersträhnen und war zu einem lässigen Knoten zusammengesteckt. An den Ohren baumelten silberne Ohrringe.

„Ich freue mich riesig, dass du gekommen bist!"

„Und ich danke für die Einladung. Du hast dich aber kaum verändert. Das gleiche kastanienbraune Haar und die gleiche blendende Figur."

„Lüg nicht und komm weiter", lachte Katharina und ging voraus in den Wohnsalon. „Tatarata, meine Überraschung!"

Einen Moment herrschte Stille.

„Das glaub' ich einfach nicht", entfuhr es Erika.

„Erika?", zeigte auch Leo ungläubiges Erstaunen.

Sie reichte ihm die Hand. „Sollte ich jetzt nicht deinen Ring küssen?" Es klang nicht wie eine Frage, eher herausfordernd.

„Der ruht in meinen Gemächern. Ich bin, sozusagen, inkognito hier."

„In den Gemächern, ach ja", antwortete die Frau Professor mit einem schelmischen Lächeln. „Ich wähnte dich längst wieder im Vatikan." Er hielt immer noch ihre Hand.

„Da sollte ich auch sein", gab Leo wenig aufschlussreich zurück, doch diesmal war Katharina geneigt, seine Antwort weniger seiner Überheblichkeit als seiner Überraschung zuzuschreiben. Erika schien die Antwort auch nicht sehr erhellend zu finden, denn sie betrachtete ihn ebenso eingehend wie erwartungsvoll. Doch als Leo nichts weiter tat, als ihre Hand zu halten und sie ungläubig anzustarren, riss sie sich los und begrüßte endlich auch die übrigen Anwesenden.

*

Eine Stunde und zwei Hausaperitifs später hatte sich die Situation deutlich entspannt und Erika erzählte launig von ihrer Arbeit an der Uni.

„Wie bist du auf Exegese gekommen?", fragte Leo. „Du wolltest doch immer in den Kirchendienst."

„Schon, aber als was denn? Als Pfarrersköchin vielleicht? Schau, als wir mit dem Studium begonnen haben, so kurz nach dem zweiten Konzil, da schien vieles möglich. Ich habe immer davon geträumt, eines Tages zur Priesterin geweiht zu werden. Sag' jetzt lieber nichts. Ich weiß, das war auch für damalige Zeiten ein kühner Traum."

„Du hast nie davon gesprochen."

„Ich wollte ja nicht ausgelacht werden. Jedenfalls ist mir bald klar geworden, dass ich dazu ein paar Jahrzehnte zu früh geboren wurde. Also wollte ich wenigstens dazu beitragen, dass die Menschen das Evangelium besser verstehen."

Katharina fand, Leos Gesicht hatte bei ihren letzten Sätzen einen säuerlichen Ausdruck angenommen. Prompt sagte er: „Ich hoffe inständig, du zählst nicht zu diesen verrückten Emanzen, die uns im Vatikan das Leben schwer machen."

Katharina hielt unwillkürlich die Luft an und sah gespannt zu Erika. Die nahm erst noch den letzten Bissen Lachs und spülte ihn mit einem Schluck Weißwein hinunter: „Nicht offiziell, ich will schließlich mein Lehramt nicht gefährden, aber ich sympathisiere mit ihnen und einigen anderen Reformern, die sich für mehr Demokratie in der Kirche einsetzen und die, wenn ich mich nicht irre, bald ein kräftiges Lebenszeichen von sich geben werden."

„Kirche und Demokratie schließen einander aus. Über den Glauben an Gott kann man nicht diskutieren, den muss man leben", kam es prompt von Leo, doch Axel machte die Wirkung seiner Worte zunichte, indem er lachend sagte: „Dann seid ihr also eine Diktatur? Vielleicht kommt daher der Spruch: In der Kirche, vor Gericht und auf hoher See ist man in Gottes Hand."

Der Einwurf schien Leo gar nicht zu schmecken, denn sein Gesicht nahm einen ziemlich hochmütigen Ausdruck an, als er sagte: „Ich verstehe deinen Vergleich nicht ganz." Dann wandte er sich wieder Erika zu: „Aber, um auf die Frauenfrage zurückzukommen: Es geht doch nicht um Machtfragen, wie diese Weiber uns glauben machen wollen. Selbstverständlich haben Frauen eine bedeutende Stellung in der Kirche. Ohne Frauen wäre vieles überhaupt nicht zu bewältigen."

„Sicher", schaltete Katharina sich ein, „in untergeordneten Positionen waren wir stets willkommen."

„Du denkst in den falschen Kategorien, meine Liebe. Es gibt sehr bedeutende Heilige, mutige und gläubige Frauen, die heute noch eine bedeutende Rolle spielen."

„Gleich kommt er mit Mutter Theresa", sagte Erika augenzwinkernd in Katharinas Richtung.

„Richtig. Eine sehr bedeutende Frau, der es nicht um Macht und Ansehen ging. Der Sinn des Lebens besteht schließlich nicht darin, Priester zu werden und Macht auszuüben", erläuterte Leo.

Katharina und Erika hoben gleichzeitig zum Widerspruch an.

„Du zuerst", sagte Katharina lachend.

„Dann muss ich mich wohl im Namen aller Frauen bedanken, dass ihr Männer diese unwürdigen Aufgaben seit Jahrhunderten von uns fernhaltet. Aber weißt du, wenn ich mir vorgestellt habe, wie ich mit meiner Gemeinde eines Tages die Heilige Messe feiern werde, habe ich nicht an Macht und Ansehen gedacht."

„Dieses Gerede ist nämlich typisch männlich", ereiferte sich Katharina. „Woher nehmt ihr Männer eigentlich die Überzeugung, die Krone der Schöpfung zu sein? Aus dem Elend, das ihr schon über die Menschheit gebracht habt?"

„Meint ihr, die Welt wäre besser, wenn sie von Frauen regiert werden würde?", wollte Florian wissen.

„Das nicht", antwortete Erika an Katharinas Stelle, „aber sie wäre besser, wenn sich nicht immer eine Partei für etwas Besseres hielte. Ein Geschlecht, eine Nation, eine Religion, nimm was du willst."

„Diese Überheblichkeit ist überhaupt die Wurzel allen Übels", fügte Katharina hinzu und schickte sich an, die leeren Teller abzuräumen, als Erika sich Leo zuwandte und sagte: „Als ich dich um eine Audienz gebeten hatte, habe ich es ebenfalls im Namen dieser Reformer getan." Und leiser fügte sie hinzu: „Leider war dir meine Bitte nicht einmal eine Absage wert."

„Ich hatte keine Ahnung", protestierte Leo. „Wann war das?"

„Gleich nach deiner Amtseinführung."

Leo schüttelte den Kopf: „Ich wusste es wirklich nicht, das musst du mir glauben." Das klang ehrlich, fand Katharina und trug endlich die Teller in die Küche.

***

Maria und Agnes hatten einen Plan geschmiedet, wie sie das Kloster Kreuzenstein erhalten könnten. Er bestand im Wesentlichen darin, den Kindergarten ohne fremde Hilfe weiterzuführen und ein paar Flaschen vom Klostergeist zu verkaufen. Eben hatten sie ihn der Mutter Oberin vorgetragen, doch die sagte nur: „Das reicht vielleicht für ihren Lebensunterhalt, aber niemals für die Erhaltung des Klosters. Außerdem ist es illusorisch, sie beide können das niemals bewältigen", und wedelte mit ihrer langen, schlanken Hand.

„Schwester Theresa würde ebenfalls hier bleiben und vielleicht möchte ja Schwester Brunhilde aus dem Mutterhaus zu uns wechseln", wandte Agnes ein.

„Was soll das werden – ein Altersheim mit Kinderbetreuung? Es tut mir leid für Sie, aber es ist beschlossene Sache, das Kloster wird verkauft."

Maria hatte nicht den Eindruck, dass es der Mutter wirklich leid tat. Wahrscheinlich war sie sogar froh darüber, die Verantwortung für den alten Kasten loszuwerden, dann konnte sie sich hinkünftig ganz ihren Studien widmen.

„Und an wen?", fragte Agnes mit erstickter Stimme.

„Das Land Niederösterreich interessiert sich dafür. Man möchte entweder ein Museum oder ein Bildungshaus daraus machen."

„Aber vielleicht könnten wir das auch. Wir könnten das Kloster für die Öffentlichkeit zugänglich machen und die leer gewordenen Zimmer an Urlaubsgäste vermieten", improvisierte Maria mit hochroten Wangen.

„Sie stellen sich das zu einfach vor, meine Damen. Wir haben wirklich alle Möglichkeiten geprüft. Außerdem rechnet das Mutterhaus mit dem Mittelzufluss. Es bleibt dabei, Weihnachten feiern wir bereits in Wien. Gelobt sei Jesus Christus."

„In Ewigkeit", murmelte Maria und erhob sich.

„In Ewigkeit!", pfefferte Agnes über den Tisch und war schon zur Tür hinaus.

„Gehen wir in die Kapelle?", fragte Maria und senkte den Blick, weil Agnes ihre Tränen nicht sehen sollte. Doch die schüttelte nur den Kopf und ging weiter: „Geh du alleine, ich kann jetzt nicht beten."

Gottes Plan

Am Morgen nach Erikas Besuch blieb Leo einsilbig.

„Hast du gut geschlafen?"

„Danke, ging so." Das klang selbst in Katharinas Ohren weder salbungsvoll noch überheblich.

Nach dem Frühstück führte sie die nächste Behandlung durch. Sie musste diese mehrfach wiederholen, weil Leo einige Minuten danach immer ein Kribbeln der rechten Hand verspürte.

„Woher kommt das?", fragte er.

„Das kann ich dir leider nicht sagen. Jeder Patient regiert bei jedem Allergen anders."

„Keine sehr präzise Wissenschaft", spottete er, während sie die Prozedur bereits zum vierten Mal wiederholte.

„Ganz wie deine Theologie. Ihr lebt ja ausschließlich von Vermutungen."

„Diese Vermutungen, wie du sie nennst, nennt man den Glauben an Gott, wenn du dich noch erinnern solltest."

„Dunkel. Einatmen – ausatmen – schnell atmen - und normal weiteratmen."

Als er später nachruhte, nahm er das Gespräch wieder auf.

„Glaubst du eigentlich an Gott?"

„Doch, an Gott glaube ich immer noch, aber nicht an die Kirche, mit ihrer verstaubten Rhetorik, ihrem unglaublichen Anachronismus und den ganzen Pomp. Schon allein dieses hierarchische Denken macht mich ganz krank. Und dann dieses unsägliche Theater mit dem Papsttum."

„Du weißt aber schon, mit wem du gerade sprichst", antwortete er eisig.

„Mit meinem Bruder, den einige verstaubte Kardinäle zu ihrem Oberhaupt gewählt haben."

Leo schwieg beleidigt.

„Warum eigentlich?", fragte sie wenig später. „Warum fiel die Wahl ausgerechnet auf dich?"

„Es war eben Gottes Plan."

Gottes Plan, das musste man sich auf der Zunge zergehen lassen. Solche Geschichten konnte er Maria erzählen. Er schien noch abgehobener zu sein, als sie gedacht hatte. Vermutlich hatte ihm der viele Weihrauch das Hirn vernebelt.

„Wozu dann das ganze Brimborium mit den vielen Wahlgängen und dem weißen Rauch?" Sie wartete auf Antwort, doch Leo schwieg immer noch, also fuhr sie weiter fort: „Und dann auch noch auf Lebzeiten. Andere Herrscher müssen sich wenigstens von Zeit zu Zeit der Wahl stellen."

„Das eben ist der Unterschied. Die Kirche ist keine demokratische Einrichtung, wie schon gestern besprochen. Die Wahl auf Lebenszeit bezieht sich auf die göttliche Berufung", antwortete Leo mit einer solchen Würde, dass sie plötzlich lachen musste: „Vermutlich traut sich deshalb niemand dir zu widersprechen. Wie praktisch. In deiner Umgebung traut sich keiner und der Rest des Kirchenvolkes hat es längst aufgegeben."

„Das stimmt zwar nicht, wie du gestern gehört hast, aber warum vermutest du es?"

„Weil ihr so verdammt weit weg seid von der Wirklichkeit."

Er blickte versonnen in den herbstlichen Garten, ehe er zurückgab: „Interessante Frage: Was ist die Wirklichkeit?"

So eine Frage konnte auch nur Leo stellen. Sie sah auf die Uhr: „Bedauerlicherweise habe ich keine Zeit, um dieses hoch interessante Thema mit dir zu erörtern. Ich muss in meine Praxis, dort warten Menschen auf mich, die massive Gesundheitsprobleme haben, das ist die Wirklichkeit."

Kopfschüttelnd verließ sie das Haus. Der Mann konnte aber auch Fragen stellen.

*

Während Katharina in der Mittagspause rasch nach Hause fuhr, um bei Leo nachzutesten, fiel ihr ein, dass Maria schon dreimal auf die

Mailbox gesprochen hatte. Jetzt würde sie beim Mittagessen sein, danach arbeitete sie bei dem schönen Wetter sicher im Klostergarten, also konnte sie sie vor dem Abend nicht erreichen. Schöner Schmarren, dabei hatte Maria irgendwie verzweifelt geklungen. Das ging bei Maria zwar schnell, aber üblicherweise rief sie nicht dreimal hintereinander an.

Sie hatte ein ungutes Gefühl, doch als sie nach Hause kam und hörte, wie Leo am Telefon sagte: „Nun, ich glaube wirklich, dass es nicht notwendig ist, Dottore", vergaß sie Maria. Ungeduldig wartete sie, bis Leo das Telefonat beendete.

„Dein Arzt?"

Er nickte.

„Und was sagt er zu seiner prachtvollen Fehldiagnose?"

„Er glaubt nicht daran und wollte sich auf der Stelle davon überzeugen, dass es mir auch wirklich an nichts fehlt."

„Dann ist er ein größerer Ignorant, als ich für möglich hielt. Von mir aus kann er kommen, ich würde ihm nur allzu gerne ein paar Erkenntnisse zum Thema Allergien vermitteln."

„Das habe ich befürchtet. Ich habe ihm verboten zu kommen."

Erst am Nachmittag fiel ihr Maria wieder ein und sie nahm sich vor, sie anzurufen, sobald sie nach Hause käme.

Doch schon am Weg zum Haus war ihr Florian entgegengekommen, um ihr die Einkaufstaschen abzunehmen. Nun war Florian zwar ein höflicher Bursche, aber ganz so dienstfertig verhielt er sich üblicherweise auch wieder nicht. Als er dann auch noch fragte, ob er sonst noch etwas für sie tun könne, war ihr klar, dass etwas nicht stimmte.

„Sag, hast du meine Lieblingsvase zertrümmert, oder was ist los?" Er sah sie mit diesem unwiderstehlichen Augenaufschlag an, den er schon als Kind so gut beherrscht hatte. „Schlimmer."

„Schlimmer?" Sie überlegt kurz: „Sag jetzt bitte nicht, dass Leo …"

„Doch", fiel Florian ihr ins Wort.

„Ihr Idioten! Seid ihr wieder knutschend in der Veranda gesessen?"

„Mhm. Dort ist es doch so herrlich sonnig, während sich in das Studio, das ihr uns so großzügig überlassen habt, kaum ein Sonnenstrahl verirrt. Jedenfalls scheint er diesmal irgendetwas vergessen zu haben, denn kurz nachdem er zu seinem Spaziergang aufgebrochen ist, stand er wieder in der Tür."

Katharina ließ sich auf den nächstbesten Sessel fallen und stützte den Kopf in die Hand. Es war doch nicht zu fassen. Aber hatte sie nicht ohnehin vollmundig erklärt, sie würden zu Florians homosexueller Veranlagung stehen müssen? Jetzt war es so weit.

„Bist du jetzt sehr sauer?", unterbrach Florian ihre Gedanken.

„Sauer? Ach Florian, sauer ist das falsche Wort. Ich weiß eigentlich nicht, was ich bin. Es ist ja auch nur, weil Leo so verdammt engstirnig ist. Hat er etwas gesagt?"

Florian schüttelte den Kopf. „Nur irgend etwas lateinisches gemurmelt, wir haben es aber nicht verstanden. Jedenfalls machen wir uns für heute vom Acker. Kann sein, dass wir bei Juliane übernachten."

„Helden", spottete sie und ließ sich von ihm auf die Wange küssen.

Sie würde sich jetzt erstmal einen Campari gönnen. Als Axel kurze Zeit später nach Hause kam und sie ihm die Geschichte erzählte, sagte er mit einem schiefen Lächeln: „Vielleicht sollten wir auch ausgehen?"

„Feigling! Sicher nicht. Ich habe diesen köstlichen Serrano-Schinken gekauft, den sauteuren, von diesen Spezialschweinen, der schmeckt nur frisch wirklich gut. Dazu gibt es Schafkäse, Oliven und frisches Brot."

„Ein großes Glas Rotwein dazu?"

„Auch das."

Da sie an diesem Abend nur zu dritt waren, hatte Katharina in der gemütlichen Wohnküche gedeckt. Vielleicht stimmt ihn die familiäre Atmosphäre etwas friedlicher, dachte sie und stellte noch eine dicke Kerze auf den Tisch.

Leo machte während des Abendessens keine Bemerkung, sprach aber auch sonst wenig. Obwohl der Schinken hervorragend schmeckte, hatte Katharina kaum Appetit, Axel schien es ebenso zu gehen und Leo aß sowieso wenig. Vermutlich misstraute er ihren Diätvorschlägen immer noch, obwohl es ihm sichtbar besser ging.

Nach dem Essen entschuldigte sich Axel, er wollte sich die Nachrichten ansehen, Leo blieb. Während sie die Reste im Kühlschrank verstaute, überlegte sie angestrengt, wie sie sich verhalten sollte, und beschloss, den Stier bei den Hörnern zu packen.

„Hattest du einen angenehmen Nachmittag?"

„Ich nehme an, du weißt, dass er durch gewisse Geschehnisse getrübt wurde."

„Geschehnisse? Ich weiß nichts von Geschehnissen, aber ich glaube zu wissen, wovon du so gestelzt redest."

„Du weißt vermutlich auch, wie wir zu diesem Thema stehen."

„Sprichst du jetzt schon im Plural majestatis mit mir?"

„Es stünde mir zu, aber ich dachte eigentlich, WIR, die Kirche."

„Und ich dachte immer, die Kirche, das seien wir alle. Sollte ich das etwa falsch verstanden haben?"

Er stand auf, trat ans Küchenfenster und verschränkte die Hände auf dem Rücken, genau so, wie ihre Mutter es auch manchmal getan hatte, ehe er antwortete: „Das hast du schon richtig verstanden. Dennoch muss es eine Führung geben, jemand, der Leitlinien vorgibt. Die Menschheit braucht nichts notwendiger als Orientierung."

Katharina ließ ein verächtliches Schnaufen hören, gab aber keine Antwort, also fuhr er fort: „Sieh sie dir doch an, unsere Welt. Da werden jahrhundertelange Wertordnungen in nichts aufgelöst. Kurzlebige Lebensgemeinschaften, alleinerziehende Mütter, Singles, kinderlose Paarbeziehungen, Homosexualität – das ist doch alles krank, dem muss man doch etwas entgegensetzen."

Mit einem Ruck wandte sie sich ihm zu: „Und du meinst, wenn ihr in Rom den Kopf in den Sand steckt und so tut, als hätte die Zeit sich nicht geändert, dann wird alles gut?"

„Natürlich wandelt sich das Leben, aber diese Entwicklung geht in die falsche Richtung. Gleichgeschlechtliche Beziehungen sind einfach nicht Gottes Plan."

„Aber Florian hat sich diese Neigung doch nicht ausgesucht und wir haben sie ihm auch nicht zum Geburtstag geschenkt. Es ist einfach in ihm und er muss damit zurechtkommen, das ist schwierig genug.

Hast du eine Ahnung, was es ihn gekostet hat, sich seine Neigung einzugestehen?"

Er zögerte einen Moment, ehe er antwortete. Diesmal sprach er besonders langsam und eindringlich: „Trotzdem muss ich mich wiederholen: Es ist von Übel, diesem Drang nachzugeben, weil es gegen Gottes Plan ist."

Sie ließ ihren Unmut an der Tür zum Abstellraum aus, ehe sie antwortete: „Wie schön, einen Bruder zu haben, der Gottes Pläne so genau kennt. Tauscht du dich regelmäßig mit ihm aus? Bespricht er seine Pläne mit dir? Dann frag ihn doch mal, wie seine Pläne für Menschen wie Florian und James aussehen."

Diesmal blieb er die Antwort schuldig, dafür hatte Katharina sich jetzt so richtig in Rage geredet: „Weißt du, was wirklich von Übel ist? Hass, gegen Menschen die anders sind, Gleichgültigkeit gegenüber den Sorgen der anderen und dieser unglaubliche Egoismus derer, die glauben, das Maß aller Dinge zu sein."

„Ja. Aber das ändert doch nichts daran, dass die Schöpfungsordnung zu respektieren ist."

„Schöpfungsordnung – das Wort muss man sich auf der Zunge zergehen lassen. Was soll das denn sein? So eine Art Gebrauchsanleitung für die Schöpfung? Dann solltet ihr schon im Eigeninteresse toleranter sein. Gerade in euren Reihen …"

Sie ließ den Satz in der Luft hängen und suchte nach einer geeigneten Formulierung. Er schien auch so zu verstehen.

„Toleranz ist der falsche Weg", entgegnete er eisig.

„Nicht, wenn zwei erwachsene Menschen etwas tun, wonach es beide drängt. Pädophilie ist etwas anderes."

„Daran besteht kein Zweifel." Leo erhob sich: „Ich kann euch auch nicht helfen, aber ich werde für euch beten", dann ging er auf sein Zimmer.

Schwang da eine Spur von Einsicht mit? Sicher nicht, sie kannte ihn schließlich. Sie löschte das Licht in der Küche und ging zu Axel ins Wohnzimmer. Die Nachrichten waren bereits vorbei.

„Heute keine philosophischen Gespräche?", fragte er.

„Doch, die haben bereits in der Küche stattgefunden." Sie nahm einen Schluck aus seinem Rotweinglas und legte die Füße auf den Hocker vor ihr. Axel stellte den Ton leiser: „Und, was sagt er?"

Sie seufzte: „Homosexualität sei gegen Gottes Plan."

„Dagegen lässt sich schwer argumentieren, nehme ich an."

„Ich halte seine Aussage für grenzenlose Überheblichkeit. Heute Morgen, nach der Behandlung, habe ich ihn übrigens gefragt, warum gerade er zum Papst gewählt worden war. Weißt du, was er geantwortet hat: Es war Gottes Plan."

„Alle Achtung. Er scheint sich mit den Plänen eures Herrgottes ziemlich gut auszukennen."

„So ähnlich habe ich auch geantwortet. Offenbar glaubt er, er hat ein Monopol auf Wahrheit und Klugheit. Dabei weiß er nichts vom Leben, gar nichts!"

Vergangenes

Am nächsten Morgen überraschte Leo Katharina mit der Frage, ob es nicht möglich wäre, am Sonntag einen Ausflug ins Waldviertel zu machen und ihren Heimatort zu besuchen.

„Das halte ich allerdings für kühn", antwortete Katharina und schenkte ihm Tee ein.

„Du meinst, dass mich jemand erkennen könnte? Aber hier in Wien hat mich doch auch niemand erkannt."

„Schon, aber Gmünd ist keine Großstadt."

„Ich möchte so gern unser Elternhaus noch einmal sehen. Wer weiß, ob sich mir je wieder so eine Gelegenheit bietet."

Dieses Argument fand sie schon fast rührend, dennoch antwortete sie: „Wie stellst du dir das vor? Du klingelst, sagst hallo, ich bin der Papst, ich hab in diesem Haus meine Kindheit verbracht, dürfte ich mal schnell mein altes Zimmer sehen?"

„Selbstverständlich bleibe ich inkognito", antwortete Leo, diesmal klang es eisig.

„Das stelle ich mir schwierig vor", mischte sich Axel ein. „Ihr kennt doch die Familie, die das Haus damals gekauft hat." Leo schien diesen Gedanken zu erwägen und nahm einen Schluck Tee: „Schade. Ich hätte gerne einen Blick in die Vergangenheit geworfen."

„Damit kann ich dienen. Clemens wird uns morgen besuchen", antwortete Katharina.

Klirrend stellte Leo seine Teetasse zurück. „Clemens? Ich wusste gar nicht, dass du noch Kontakt zu ihm hast." Er warf einen Seitenblick auf Axel, der ihr nicht entgangen war. Axel offenbar auch nicht, denn er sagte rasch: „Ein sehr sympathischer Mann."

Ja, Axel hatte sich wirklich großartig verhalten in all den Jahren. Mit einem gewissen Stolz antwortete sie: „Schon seit Julianes sechstem Geburtstag. Schließlich ist er ihr Vater."

Leo war eine Nuance blasser geworden und Axel verabschiedete sich hastig, er hätte es eilig.

Die Morgensonne durchflutete die Küche. Katharina mochte diese Stimmung. Sie schenkte sich noch eine Tasse Kaffee ein und setzte sich wieder an den Tisch. „Du hast damals einen Scherbenhaufen zurückgelassen und es uns überlassen, die Scherben wieder zusammenzusetzen. Ich glaube, es ist uns nicht schlecht gelungen."

„Und was sagt dein Mann dazu, wenn du ihm deinen ehemaligen Liebhaber ins Haus holst? Kredenzt er Clemens ein Glas Wein und spricht mit ihm über das Wetter?"

„Manchmal kredenzt er ihm auch ein kühles Bier, aber warum sollten sie über das Wetter reden?"

„Katharina, ich verstehe dich nicht."

„Das ist ja nichts Neues", seufzte sie und stand auf. „Streck deinen Arm aus, ich muss testen, ob die gestrige Behandlung durchgegangen ist."

Es stellte sich heraus, dass sie die Behandlung wiederholen mussten. Er schien es diesmal gelassen zu nehmen. Komisch, in den ersten Tagen hatte er zweimal täglich gefragt, wann er ihrer Einschätzung nach in den Vatikan zurückkehren könne, doch im Moment schien es weit weniger eilig zu haben. Vermutlich weil er doch eine Besserung spürte. Außerdem dürfte Monsignore Rinaldo vernünftig genug sein, ihn nur mit angenehmen Nachrichten zu versorgen.

In der Ruhephase nach der neuerlichen Behandlung nahm er den Gesprächsfaden wieder auf: „Was macht Clemens jetzt eigentlich?"

„Er betreut eine Pfarre im Mürztal und ist Dechant", antwortete sie und bemühte sich um einen beiläufigen Tonfall.

„Schön, sehr schön. Es ist seine Bestimmung und es ist Gottes Wille. Ich war immer schon fest davon überzeugt."

„Vielleicht. Vielleicht auch nicht, jedenfalls weißt du so gut wie ich, dass du ganz schön nachgeholfen hast."

„Gottes Wege sind manchmal verschlungen."

Sein Ton war salbungsvoll und Katharina spürte, wie langsam wieder Wut in ihr hochkroch.

„Verschlungen waren deine Intrigen."

„Intrigen ist ein hässliches Wort. Du solltest mir dankbar sein."

Langsam reichte es ihr: „Wofür denn genau? Dafür, dass du mich an den Erstbesten verkuppelt hast, oder dafür, dass du Clemens solange zugesetzt hast, bis er nicht mehr wusste, was er tun sollte? Wie hast du es eigentlich angestellt? Hast du ihm die ewige Verdammnis prophezeit?"

„Ich wiederhole: Du solltest mir dankbar sein. Zumindest vor dieser Sünde konnte ich dich bewahren."

„Kümmere dich lieber um deine eigenen Sünden", herrschte sie ihn an und rechnete mit einem neuerlichen Hinweis auf die Würde seines Amtes. Doch diesmal blieb er gelassen: „Du behauptest doch immer, Axel zu lieben, also darfst du mir ruhig dankbar sein. Wirklich schade, dass er kein gläubiger Katholik ist und deine Ehe mit ihm vor Gott keinen Bestand hat."

„Woher, zum Kuckuck, weißt du, was vor Gott Bestand hat? Ich glaube, du überschätzt dich."

„Es würde dir nicht schaden, dich mehr mit der Würde meines Amtes zu beschäftigen."

Na endlich, einen Moment lang hatte sie schon geglaubt, er hätte sich geändert. Aber Leo änderte sich nie.

„Vielleicht wäre es deinem Amt dienlicher, wenn du es mit mehr Demut ausübtest. Einatmen."

***

Katharina saß auf der Terrasse unter dem Sonnenschirm und trank ihren Caffè Latte. Sie hatte die Tageszeitung vor sich ausgebreitet, doch ihre Gedanken wanderten zu Maria. Sie selbst fürchtete schon lange, dass das kleine Kloster Kreuzenstein eines Tages geschlossen werden würde. Nun war es soweit und Maria litt darunter wie ein Hund. Dennoch war sie nicht sicher, ob Maria ihrem Rat folgen und ihr Anliegen Leo wenigstens vortragen würde. Natürlich wusste sie auch nicht, ob er ihr helfen konnte oder überhaupt wollte, aber man musste es doch wenigstens versuchen. Vielleicht sollte sie selbst mit ihm darüber reden.

Die milde Spätsommerluft machte sie träge, sie schloss die Augen und lehnte sich bequem zurück. Wenn die Wettervorhersage stimmte, konnte sie morgen Mittag den Tisch noch einmal hier draußen decken. Sie würde das bunte Service nehmen und verschiedenfarbige Servietten dazu kombinieren, das müsste hübsch aussehen. Vielleicht konnte das fröhliche Gedeck die Stimmung etwas aufmöbeln. Clemens zu diesem Besuch zu bewegen war gar nicht einfach gewesen. Gut, dass Juliane zugesagt hatte zu kommen.

„Hat er sich sehr verändert?", hatte Clemens gestern noch gefragt.

„Nicht besonders", hatte sie geantwortet. „Er ist immer noch groß, schlank, hält sich sehr aufrecht und Neuerungen scheinen ihm der erste Schritt zur Ketzerei."

„Dann sollte ich vielleicht besser doch nicht kommen. Nicht, dass er mich noch meines Amtes enthebt", hatte Clemens gewitzelt.

Doch sie hatte darauf bestanden, dass er kommt, und letztlich hatte er sich überreden lassen. Wie immer, dachte sie jetzt. Sie hatte ihm längst verziehen, dass er damals fortgegangen war, und freute sich immer, wenn er kam. Mehr als alle anderen, wie sie selbst zugab. Juliane hatte es eine zeitlang ganz chic gefunden, einen Priester-Vater zu haben, aber im Grunde genommen war es ihr egal, ihr Paps war Axel.

Clemens und Axel verstanden sich nicht schlecht, aber wenn Clemens ihn auch wie alle anderen umarmte und küsste, war sie ziemlich sicher, die beiden hätten ebenso gut aufeinander verzichten können.

Sie selbst wollte auf Clemens nicht verzichten. Er war ihre erste große Liebe gewesen. So mit Schmetterlingen im Bauch, weichen Knien und allem, was dazu gehörte. Damals war sie eben noch jung gewesen.

Natürlich liebte sie auch Axel, aber das war eine ganz andere Geschichte. Er war ein wunderbarer Mensch und ihre Beziehung war mit den Jahren gewachsen. Sie taten einander gut und es war schön, mit ihm zu leben, aber die große Leidenschaft war es nie gewesen.

Sie erinnerte sich noch gut, wie sie ihn kennen gelernt hatte. Es war einen Tag nach der Operation gewesen und als sie sein Zimmer betrat, saß eine gepflegte Dame mit einem blondgelockten kleinen Jungen an seinem Bett. Florian war ihr sofort aufgefallen, weil er ein so hübsches, artiges Kind gewesen war. Erst hatte sie Axels Mutter für seine Frau gehalten und sich gefragt, ob der Bub tatsächlich ihr Kind sein konnte, aber die Oberschwester hatte den Irrtum rasch aufgeklärt. Als er entlassen wurde, hatte er gefragt, ob er sie, zum Dank für die ausnehmend gute Betreuung, zum Essen einladen dürfe. Sie hatte damals kaum Gelegenheit gehabt auszugehen und daher mit Freuden angenommen. Er hatte sie ins Sacher geführt und sie hatten einen sehr entspannten Abend verlebt, ganz ohne Schmetterlinge und weiche Knie.

Schon wenige Tage später hatte er angerufen und sie und Juliane zum Besuch des Christkindlmarktes eingeladen. Da sich auch die Kinder von Anfang an gut verstanden hatten, hatten sie in den darauffolgenden Wochen und Monaten viel miteinander unternommen. Sie war froh gewesen, nicht an jedem freien Wochenende allein mit Juliane durch den Lainzer Tiergarten zu wandern, endlich einen Freund zu haben, mit dem sie lachen und reden konnte. Erst Monate später, beim gemeinsamen Oster-Schiurlaub, waren sie ein Paar geworden.

Dieses langsame Herangehen an eine Sache war eines von Axels Markenzeichen und es stand im krassen Gegensatz zu ihrer impulsiven Art. Erst hatte sie gedacht, dieser Unterschied würde eine längerfristige Beziehung unmöglich machen, doch das Gegenteil war der Fall gewesen. Zwei Jahre später hatten sie geheiratet, Katharina hatte ihren Spitalsjob aufgegeben und mit Axels finanzieller Unterstützung eine eigene Praxis aufgemacht. Seither war das Leben zwar immer noch spannend, aber es verlief doch in sehr geordneten Bahnen.

Wie das Leben an Clemens' Seite wohl ausgesehen hätte? Sicher wäre es …

„Wann werden wir meine Behandlung wiederholen?", unterbrach Leo ihre Gedanken.

Es dauerte einige Sekunden, bis sie in gewohnt geschäftsmäßigen Ton antworten konnte: „Am besten gleich", und sich erhob.

„Ich wollte deine Siesta aber nicht stören."

„Macht nichts, ich wollte ohnehin mit dir reden." Sie machte sich an die Arbeit. Während sie die Behandlung durchführte, gestattete sie ihren Gedanken noch einen kurzen Ausflug in die Vergangenheit, danach erzählte sie Leo von Maria und ihrer Sorge um das Kloster Kreuzenstein.

„Ich kann ja verstehen, dass sie Kreuzenstein ungern verlässt, aber wir müssen eben alle dort unsere Pflicht tun, wo Gott uns hinstellt. Letztlich geht es doch nicht darum, wo wir leben, sondern einzig und allein darum, dass unser Leben gottgefällig ist."

„Marias Leben müsste ihm eigentlich schon gefallen, umso weniger verstehe ich, warum sie jetzt tatenlos zusehen soll, wie man ihr ihre Heimat wegnimmt."

„Unsere Heimat ist …"

„Spar dir deine frommen Sprüche", unterbrach sie ihn „und denk einmal, nur ein einziges Mal, einfach nur an deine Schwester. Maria ist einfach nicht in der Lage, für sich selbst zu kämpfen. Sie ist zu …", Katharina suchte nach dem rechten Begriff und setzte dann hinzu, „… zu schwach. Sie hat einfach keine Durchsetzungskraft. Das weißt du doch. Es ist ja nicht ihre Schuld."

„Ist es denn eine Frage der Schuld?", fragte er zurück. Es klang philosophisch gelangweilt.

„Doch. Es ist die Schuld unserer Mutter."

„Lass unsere Mutter aus dem Spiel", herrschte er sie an. „Unsere Mutter war eine ebenso aufrechte wie gläubige Frau."

„Sie war bigott und ungerecht", ärgerte sich Katharina. „Aber du warst ja immer ihr Herzbube, du hattest freilich keinen Grund, dich zu beschweren."

Dieses Terrain war vermint, sie wusste es. Er reagierte auch prompt: „Katharina! Ich verbiete dir, so von unserer toten Mutter zu sprechen."

„Du verbietest mir gar nichts!", schrie sie, dann setzte sie ruhiger hinzu: „Nur weil sie tot ist, kann ich ihre Fehler nicht verzeihen."

„Sie hatte es auch nicht einfach", lenkte Leo überraschenderweise ein. „Sie war nicht dazu erzogen worden, die Frau eines einfachen Landarztes zu sein. Dennoch hat sie ihre Pflicht erfüllt. Was hätte ohne sie aus uns werden sollen? Unser Vater wäre ohne sie zum Alkoholiker geworden."

„Ohne sie hätte er mit dem Trinken gar nicht erst angefangen und wäre vielleicht immer noch am Leben. Und was hat sie aus uns gemacht? Aus dir ein überhebliches Ungeheuer und Maria hat sie gebrochen."

„Aber dich selbst hältst du für normal?"

„Weitgehend."

Plötzlich meldete sich Axel zu Wort, Katharina wusste nicht, seit wann er schon in der Tür stand: „Herrlich. Wenn man euch zuhört, fühlt man sich plötzlich ganz jung. In dem Ton habe ich mich früher auch immer mit meinem Bruder unterhalten. Sehr viel früher."

Der Rest der Behandlung verlief schweigend.

Als Leo in sein Zimmer gegangen war, fragte Axel: „Was war eigentlich so schlimm an eurer Mutter?"

„Du hast sie doch gekannt, die verhinderte Frau Baronin, und soweit ich mich erinnern kann, hattest du sie auch nicht sonderlich ins Herz geschlossen."

„Zugegeben, sie war nicht ganz die liebevolle Großmutter, die ich mir für Juliane und Florian gewünscht hätte, aber die beiden haben es ihr auch nicht immer leicht gemacht." Er schmunzelte in der Erinnerung daran, denn die Kinder hatten ihr unter Julianes Führung so manchen Streich gespielt. Dann wurde er wieder ernst. „Du hast dich doch auch gegen sie durchgesetzt und dein Bruder verehrt sie immer noch. Was war zwischen ihr und Maria?"

Katharina seufzte. „Ich weiß es doch auch nicht. Maria war die Erstgeborene. Vielleicht lag es daran, dass sie Maria instinktiv für ihr Unglück verantwortlich machte; sie hat den Umstand, mit unserem Vater verheiratet zu sein, bis ans Ende seiner Tage als Unglück betrachtet. Danach war sie dann die trauernde Witwe."

„Du hast einmal erwähnt, man hätte sie zu dieser Heirat gezwungen, weil sie schwanger geworden war. Aber so katholisch wie sie gewesen ist, muss sie deinen Vater doch geliebt haben, sonst …"

„Sie hat eben auch mal eine schwache Stunde gehabt, aber die hat sie sich nie verziehen, ihr Leben lang nicht. Vielleicht hat sie deshalb versucht, uns zu besonderer Disziplin zu erziehen, vielleicht war sie aber auch nur unglücklich, unzufrieden war sie in jedem Fall. Maria war sieben, als ich geboren wurde, trotzdem war sie für mich eine Art Ersatzmutter geworden. Mutter hat kurz nach meiner Geburt ihre Arbeit als Sprechstundenhilfe wieder aufgenommen. Das war damals allgemein üblich, die Frauen hatten ja nur selten eine vernünftige Ausbildung. Unsere Mutter hatte auch nichts Richtiges gelernt. Sie war auf so einer höheren Töchter-Schule gewesen, wo man ihnen beigebracht hatte, Klavier zu spielen und über Kunst und Kultur zu plaudern. Sie war darauf vorbereitet worden, einem Haushalt vorzustehen, nicht einen zu führen."

„Und dann hat sie sich auch noch als Sprechstundenhilfe verdingt, war diese Arbeit nicht unter ihrer Würde?" „Vermutlich. Jedenfalls schien es mir nicht so, als würde sie es besonders gern tun, sie hat eben ihre Pflicht erfüllt. So wurden auch wir erzogen, wir hatten unsere Pflichten zu erledigen, für Spaß schien da kein Platz."

„Ich erinnere mich, dass sie manchmal gesagt hat, ohne sie wäre dein Vater völlig hilflos gewesen und hätte seine Ordination zusperren können."

„Sie hat alles organisiert, das stimmt schon, aber sie war in der Ordination nicht liebenswürdiger als daheim. Die Patienten haben sie respektiert, aber sie haben sie nicht besonders gemocht."

„Und ihr habt sie gefürchtet?"

„Leo bestimmt nicht und ich auch nicht besonders, aber Maria hat sie gefürchtet. Meine große Schwester, die immer für mich da war, hat eine Heidenangst vor ihr gehabt. Schon allein dafür habe ich sie gehasst."

*

Der Sonntag war genauso warm und schön geworden, wie die Wetterfrösche es vorhergesagt hatten. Dennoch war die Stimmung am Mittagstisch anfangs eher kühl gewesen und Katharina hatte schon gedacht, dass es vielleicht doch keine so gute Idee war, ein Wiedersehen zwischen Leo und Clemens herbeizuführen. Doch in der Zwischenzeit hatten sie das Mittagessen hinter sich und eine Art satter Gelassenheit hatte sich über die Tischgesellschaft gesenkt. Als sie in die Küche gegangen war, um Kaffee zu machen, hatte Florian gerade, sehr höflich, danach gefragt, worin eigentlich das Tagesgeschäft eines Papstes bestehen würde. Es war sein erstes Zusammentreffen mit Leo seit jenem Tag in der Veranda und Katharina war froh, dass alles so ruhig verlaufen war. Als sie mit der Kaffeekanne auf die Terrasse zurückkam, hörte sie Leo dozieren: „Im Prinzip sind wir wie Manager eines riesigen Konzerns. Unser Geschäft ist es eben, die Menschen auf den Tod vorzubereiten."

Daraufhin herrschte Stille, man hörte nur das Klappern der Kaffeetassen und das Summen einer lästigen Wespe, ehe Clemens fragte: „Hast du eigentlich Angst vor dem Tod?"

„Ich fürchte die Krankheit, das Nachlassen der Kräfte, es gibt ja noch so vieles zu tun", wich Leo aus.

„Aber ihr tut doch nichts", empörte sich Clemens plötzlich und setzte etwas ruhiger hinzu: „Zumindest nichts, was unsere Arbeit erleichtert." Na endlich, sie hatte schon gedacht, die beiden würden gar nicht ins Gespräch kommen.

„Ich glaube nicht, dass du das einschätzen kannst", antwortete Leo mit einer Überheblichkeit, die sie nur schwer ertragen konnte.

„Mag sein, ich bin nur ein unbedeutender, kleiner Landpfarrer", antwortete Clemens mit einem Anflug von Demut, der sie sofort auf den Plan rief: „Stell dein Licht nicht unter den Scheffel. Erstens bist du Dechant und zweitens weißt du tausendmal besser als Leo, was wirklich auf dieser Welt los ist."

Clemens winkte ab: „Ich bedaure es ja nicht. Im Gegenteil, ich möchte mein Amt mit keinem Bischof und keinem Kardinal in Rom tauschen. Zugegeben, ich weiß nicht viel von der großen, weiten Welt, dafür weiß ich, was die Leute in meiner Umgebung denken, wie sie leben und was sie bewegt."

„Dann bedauerst du es also nicht, Priester geblieben zu sein?" fragte Leo und warf Katharina einen triumphierenden Blick zu, doch Clemens antwortete geschickt: „Ich bedaure es, nicht verheiratet gewesen zu sein. Die Ehe würde uns alle einsichtiger machen, manche vielleicht sogar menschlicher."

Katharina hielt den Atem an und warf einen Blick auf Axel, der seelenruhig Kuchengabeln verteilte.

„Auch ich habe keusch gelebt und komme trotzdem mit den Menschen gut aus", antwortete Leo mit Würde und setzte nach einem Blick auf Katharina hinzu: „Zumindest mit den Menschen meiner üblichen Umgebung."

„Ach ja", konterte sie, froh, das heikle Terrain verlassen zu haben: „Sind sie denn alle deiner Meinung?"

Abschied

Vier Tage und etliche Wortgefechte später sagte Katharina: „Milch und Milchprodukte sind jetzt auch in Ordnung."

„Dann bin ich also als geheilt entlassen?"

„Das wäre nun wirklich übertrieben, aber mit einem abschließenden Test und einer Liste der verträglichen Lebensmittel ausgestattet solltest du vorerst über die Runden kommen. Dennoch empfehle ich dir ausdrücklich, in Rom nach einem geeigneten Therapeuten zu suchen. Diese Allergien und Unverträglichkeiten haben die unangenehme Eigenschaft, fortwährend neue Gegner ausfindig zu machen."

Er sah sie fragend an, also fuhr sie weiter fort: „Das heißt, dass ständig neue hinzukommen könnten."

Leo ging nicht darauf ein und erhob sich: „Ich werde sofort Monsignore Rinaldo verständigen, dass er alles Notwendige für meine Abreise in die Wege leitet."

„Nicht so eilig. Wann machen wir den Abschlusstest? Er wird sicher zwei Stunden dauern."

Sie hatte fest damit gerechnet, dass er darauf bestand, ihn heute noch zu machen, und sich schon auf einen langen Arbeitstag eingerichtet, doch zu ihrem Erstaunen antwortete er gedehnt: „Wäre es dir morgen möglich? Ich denke, ich könnte dann übermorgen abreisen."

Verwundert ging sie in ihr Zimmer, um sich fertig zu machen. Ehe sie in die Praxis fuhr, fragte sie ihn: „Hat Maria am Sonntag mit dir über ihr Kloster Kreuzenstein gesprochen?"

Er nickte bedächtig.

„Und? Wirst du ihr helfen?"

„Wie stellt ihr euch das vor? Ich kann dem Orden nicht vorschreiben, das Kloster zu halten. Ich kann da überhaupt nichts tun."

„Warum überrascht mich das nicht?", fragte sie und griff nach ihren Autoschlüsseln.

Doch dann überraschte er sie doch noch. Kurz bevor sie in ihr Auto stieg, fragte er: „Denkst du, es wäre möglich, Erika noch einmal zu treffen?"

Sie sah ihn erstaunt an, ging wortlos zurück in ihr Arbeitszimmer und kam mit einem Zettel wieder, auf dem sie Erikas Telefonnummern und ihre E-Mail-Adresse notiert hatte.

„Du meinst, ich soll sie anrufen?"

Auf seinem Gesicht spiegelte sich dermaßen großes Erstaunen, dass Katharina lachen musste. „Du kannst auch Monsignore Rinaldo darum bitten", entgegnete sie und ging kopfschüttelnd zu ihrem Wagen.

*

Am Abend vor seiner Abreise fragte Leo nach dem Tischgebet: „Wusstet ihr, dass Erika diese neue Protestbewegung unterstützt?"

„Sie sagte doch, dass sie mit ihnen sympathisiert."

Leo richtete sich in seinem Sessel auf und saß jetzt noch gerader: „Wenn sie aber in deren Namen um eine Audienz ersucht, scheint mir sympathisieren nicht das richtige Wort zu sein. Es ist übrigens mehr als Protest, es handelt sich um einen öffentlichen Aufruf zum Ungehorsam."

„Gehorsam, Ungehorsam. In welchem Jahrhundert lebt ihr eigentlich? Hier protestieren erwachsene Menschen, die meisten von ihnen Theologen, wenn du Erika zugehört hast, weißt du das." Katharinas Augen sprühten vor Angriffslust, doch Axel unterbrach sie, in dem er fragte, ob er noch etwas Rotwein nachschenken dürfe. Sobald alle versorgt waren, Leo trank zur Feier des Tages auch einen Schluck mit, fragte Florian: „Apropos Gelübde und Gehorsam, was passiert jetzt eigentlich mit Tante Maria?"

Leo sah unwillig in seine Richtung und gab eine ausweichende Antwort, dann wechselte er das Thema.

Doch nach dem Essen kam er zu Katharina in die Küche: „Ich wollte das vorher nicht vor den anderen besprechen, aber was hältst du davon, wenn ich Maria zu mir in den Vatikan hole, sie könnte mir den Haushalt führen."

„Du willst dich von Maria bedienen lassen? Sie wird im Herbst 65."

„Schon 65", murmelte er ungläubig. „Ich weiß gar nicht, wie alt die anderen Schwestern sind", und ging davon.

*

Da Leo inkognito reiste, mit seinem auf Dr. Leo Forstreiter lautenden österreichischen Pass, brachten ihn diesmal nur Katharina und Maria zum Flughafen. Kein Bundespräsident, kein Kardinal, keine Schaulustigen, kein Mensch beachtete ihn. Um nicht erkannt zu werden, trug er noch einmal Cordhose und Lederjacke.

„Ich hoffe, du findest dich zurecht", sagte Katharina, als sie ihm die Hand zum Abschied reichte.

„Keine Sorge, ich bin erst seit einem Jahr Papst. Davor fand ich mich immer ganz hervorragend zurecht. Aber ich bete zu Gott, dass ich in Rom auch nicht erkannt werde."

„Mit den Klamotten scheint mir die Gefahr gering. Vielleicht solltest du dir noch so eine Schirmmütze kaufen." Dabei deutete sie auf eine Gruppe vorübergehender Jugendlicher.

„Man muss nicht gleich übertreiben", erwiderte er würdevoll und umarmte Maria, die schon wieder Tränen in den Augen hatte.

„Mach's gut", schnüffelte Maria und Katharina konnte gerade noch verhindern, dass Leo sie segnete: „Doch nicht hier", zischte sie. „Oder willst du zu guter Letzt doch noch auffliegen?" Also murmelte er nur ein paar lateinische Worte und ging durch die Passkontrolle. Ein kurzes Winken, dann war er weg.

„Furchtbar, so ein Flughafen", murmelte Maria, die sich bis dato standhaft geweigert hatte, ein Flugzeug zu besteigen, und schnäuzte sich.

Als sie nach Wien zurückfuhren, fragte Katharina: „Wie geht es jetzt mit Kloster Kreuzenstein weiter?"

Maria seufzte: „Wenn wir Glück haben, können wir noch ein Jahr bleiben, weil das Land im Moment den Kaufpreis nicht bezahlen kann.

Sollte ich es richtig verstanden habe, dann waren die dafür vorgesehenen Geldmittel in irgendwelchen Wertpapieren angelegt, die aber im Moment nicht so viel wert sind wie früher."

„Das kann gut sein. Und dann?"

„Dann werden wir wohl oder übel ins Mutterhaus übersiedeln müssen. Ich will an diesen unpersönlichen, grauen Kasten, in dem ich meine Jahre als Novizin verbracht habe, gar nicht denken."

„Kann es sein, dass du eher an deine Novizinnen-Jahre nicht denken willst?"

„Gut möglich, das war wirklich kein Honigschlecken. Aber wie hat unsere Mutter immer gesagt: Lehrjahre sind keine Herrenjahre. Ohne die Disziplin, die sie uns eingetrichtert hat, hätte ich es wahrscheinlich nicht durchgestanden."

Katharina ersparte sich hiezu jeglichen Kommentar und Maria fuhr weiter fort: „Aber Leo hat recht, auch ich habe Gehorsam gelobt."

„Würdest du das noch einmal tun?"

Maria schien darüber nachzudenken, denn sie ließ einige Zeit vergehen, ehe sie antwortete: „Ich denke schon. Weißt du, es ist einfach so, dass das Leben im Kloster das einzige ist, das ich kenne, und ich kann dort die Dinge tun, die mir liegen."

„Also ich könnte dieses ‚Hände falten, Gosch'n halten' nicht ertragen. Mir wird schon ganz übel, wenn ich daran denke, wie sie mit dir umgehen", konterte sie und wechselte auf die rechte Spur.

„Mach dir um mich keine Sorgen. Der liebe Gott weiß schon, was gut für mich ist."

Katharina überholte einen Lastwagen, ehe sie antwortete: „Ich weiß nicht, ob ich dich für diesen Kinderglauben bewundern oder verachten soll."

„Keines von beiden", antwortete Maria.

*

Während Leos Besuch waren sie an die Villa gebunden gewesen, den Abend nach seiner Abreise verbrachten Katharina und Axel mit Juliane, Florian und James bei ihrem Lieblingsitaliener. Auch Florians Besuch neigte sich dem Ende zu. Morgen wollten sie sich noch einmal mit Freunden treffen, übermorgen mussten sie zurück nach London.

In der Zwischenzeit hatten sie sich an James Aussprache gewöhnt und auch er bemühte sich, das eine oder andere Wort auf Deutsch zu sagen, meist wurde daraus ein wildes Gemisch aus Deutsch und Englisch: So sagte er nun: „Ein sehr nice guy, your brother."

„Aber ein wenig seltsam", setzte Florian hinzu. „Ich habe ihn gestern Abend gefragt, ob er sich wirklich als Gottes Stellvertreter auf Erden fühlt. Wisst ihr, was er geantwortet hat?"

„Er hat ja gesagt", mutmaßte Katharina.

„Schon seltsam", bestätigte Florian, dann widmete er sich dem Studium der Speisekarte.

„Was dem einen ungewöhnlich erscheint, ist dem anderen oft nicht der Rede wert", meinte Axel und vertiefte sich ebenfalls in die Speisekarte. Katharina wählte eine Minestrone und würde, wie immer, Calamari vom Rost nehmen. Die waren hier besonders zart, während sie ihr selbst immer wie Kaugummi gerieten. Während Juliane versuchte, James zu beschreiben, wie herrlich hier die Gnocchi al pesto schmeckten, ließ Katharina sich Axels Satz auf der Zunge zergehen. Wie recht er doch hatte und wie sehr dieser Satz auch auf sie selbst zutraf. Während Florian und James ihr Verhältnis seit Leos Abreise wieder ganz unverkrampft lebten, hatte sie immer noch Schwierigkeiten dabei zuzusehen. Dabei schätzte sie James. Er war höflich, gebildet und humorvoll. Wäre er ihr an anderer Stelle begegnet, hätte sie ihn vermutlich als durchaus wünschenswerten Schwiegersohn betrachtet. Nun, wie es aussah, bekam sie einen Journalisten zum Schwiegersohn, noch dazu den, der die Sache mit Leo ins Rollen gebracht hatte.

Aber hätten Juliane und Felix nicht Schicksal gespielt, hätte Leo immer noch Verdauungsprobleme und sein Quacksalber von Leibarzt würde ihn immer noch auf nervöse Magenbeschwerden behandeln. Sie selbst hätte sich allerdings eine Menge Aufregung erspart und Axel die ein oder andere Demütigung. Ob es Leo eigentlich bewusst war, wie unmöglich er sich Axel gegenüber immer wieder benommen hatte? In den ersten Tagen hatte er überhaupt getan, als sei er Luft. Axel hatte nie ein Wort darüber verloren. War es ihm überhaupt aufgefallen? Er war ein so unkomplizierter Denker, möglicherweise hatte sie sich ganz umsonst ...

„Hallo Mum. Kein Empfang?", hörte sie Florian sagen.

„Entschuldige, was hast du eben gesagt?"

Das Tagebuch

Zwei Tage nach Leos Abreise ging Katharina ins Gästezimmer, um nach dem NAET-Buch zu suchen, das sie Leo geliehen hatte. Ihre Haushälterin hatte inzwischen aufgeräumt und das Gästebett frisch überzogen. Katharina durchsuchte das Bücherbord, doch das gesuchte Buch war nicht dabei.

Sie wollte schon wieder gehen, als ihr eine dunkelbraune Ledermappe auffiel, die quer über der obersten Bücherreihe lag. Sie nahm sie zur Hand und fand eine Reihe von handgeschriebenen Blättern mit Leos Handschrift. Offensichtlich hatte er irgendwelche Ansprachen vorbereitet. Die wird er wohl brauchen, dachte sie, nahm die Mappe mit in ihr Arbeitszimmer und suchte nach einem großen Kuvert; sie würde sie ihm morgen nachsenden. Schon komisch, dass sie ihm noch nicht gefehlt hatte. Was sollte sie jetzt als Adresse auf das Kuvert schreiben? Ebenso unschlüssig wie geistesabwesend blätterte sie in seinen Unterlagen, als ihr ein Datum auffiel:

Montag, 21. September

stand in seiner regelmäßigen, großen Schrift auf dem Blatt. Automatisch begann sie zu lesen:

Es ist schon spät, aber ich kann nicht schlafen. Zum Glück hat mich mein Schwager heute endlich mit dem nötigen Schreibmaterial ausgestattet.

Jetzt bin ich schon zwei Tage im Hause meiner Schwester, zwei Tage, in denen ich mich verstecke, weil ich nicht zu sagen wage, dass ich krank bin und der Behandlung bedarf. Warum nur habe ich mich auf dieses unwürdige Spiel eingelassen? Immer noch frage ich mich, ob es notwendig war, die Maschine in Salzburg landen zu lassen, angeblich, weil mir schlecht geworden war. Du, Herr, hast dafür gesorgt, dass ich nicht lügen musste, so übel wie mir nach dem Imbiss am Flughafen war. Natürlich mussten meine Begleiter eingeweiht werden und ich zweifle nicht daran, dass die Geschichte mittlerweile im ganzen Vatikan die Runde gemacht hat. Aber es wird nichts davon nach außen dringen, darin sind wir geübt.

Sicher wird es mir der Dottore verübeln, außerhalb des Vatikans Heilung zu suchen, und möglicherweise wird er gemeinsam mit dem Dekan des Heiligen Offiziums darüber nachsinnen, wie sie mich so rasch wie möglich zurückholen könnten.

Der Kardinal-Staatssekretär wird nichts dergleichen tun und froh sein, dass ich fort bin. Vielleicht hofft er ja, dass ich ganz wegbleibe. Unwahrscheinlich. Einen Papst, der den Vatikan freiwillig verlässt und inkognito lebt, hat es bisher nur im Roman gegeben.

Gestern hat Katharina mich auch noch genötigt, Kleidung zu kaufen. Ich habe auf einem schwarzen Anzug bestanden, aber sie meinte, ich bräuchte legere Freizeitkleidung, der Tarnung wegen. Also haben wir beides gekauft, dazu ein paar Hemden und Unterwäsche. Wie peinlich, dass Katharina dafür bezahlen musste.

Tatsächlich sind die Übelkeit und der ständige Durchfall schon jetzt deutlich besser geworden. Es scheint, als hätte Katharina doch recht gehabt mit ihrer unorthodoxen Testmethode und dieser seltsamen Therapie, die nur darin zu bestehen scheint, dass sie entlang meiner Wirbelsäule auf und ab klopft. Die darauf folgenden Stunden der Karenz fallen mir nicht schwer, ich bin es gewohnt zu fasten und in den letzten Monaten war mir jede Nahrungsaufnahme eine Qual, weil sie immer öfter Übelkeit und Erbrechen nach sich zog. Nur Spaghetti pomodore und Minestrone habe ich noch gerne gegessen. Ich hatte längst selbst festgestellt, dass sie mir besser bekommen, wenn ich den Parmesan weglasse.

Schau an, dachte Katharina. Sie wollte schon aufstehen und Axel von ihrem Fund berichten, doch sie hatte so eine Ahnung, dass er es nicht gutheißen würde, wenn sie fremde Tagebücher las. Schließlich waren diese Zeilen nicht für sie bestimmt – oder doch? Vielleicht hatte Leo die Mappe absichtlich liegen lassen. Sie konnte einfach nicht anders, sie musste weiterlesen:

Mittwoch, 23. September

Das Haus, in dem meine Schwester lebt, ist groß, hell und freundlich, doch das Zusammensein mit ihr ist anstrengend und konfliktgeladen. Sie ist besserwisserisch und überheblich, so war sie immer schon.

So eine Frechheit, ärgerte sie sich. Anstrengend, besserwisserisch und überheblich. Was glaubt er denn, was er ist?

Unsere liebe Mutter hat ja alles versucht, ihr diese Dinge abzugewöhnen, aber trotz aller Bemühungen ist es ihr nicht sonderlich gelungen. „So viel kommt nicht auf dich", hat sie immer gesagt, wenn Katharina sie wieder einmal mit ihren unreifen Vorstellungen genervt hat. Zugegeben, es war nicht recht von mir, mich darüber zu freuen, dass sie getadelt wurde, aber ich muss leider zugeben, dass ich es gerne gehört habe.

Immerhin scheint Katharina in ihrem Beruf ganz tüchtig zu sein. Ansonsten jedoch vermisse ich die philosophische Tiefe in ihrer Denkungsweise. Aber wäre es ein Wunder? Dieser Mann an ihrer Seite scheint nur Zahlen und Rebsorten im Kopf zu haben. Außerdem setzt er ihr überhaupt nichts entgegen, ja er bestärkt sie geradezu in ihren oberflächlichen Betrachtungen. Bei unseren Streitgesprächen meldet er sich kaum zu Wort, ich weiß nicht, ob er ihnen überhaupt folgen kann. Ein Kaufmann eben. Jesus wird gewusst haben, warum er sie aus dem Tempel vertrieben hat.

Katharina schnaufte verächtlich. Gut, dass sie Axel noch nichts von ihrem Fund erzählt hatte.

Sein Sohn Florian hingegen ist ein feiner Bursche. Höflich, gebildet und sehr an philosophischen Fragen interessiert. Auch sein Studienkollege ist ein angenehmer Mann. Typisch, dass Katharina und Axel ihn nicht verstehen, dabei spricht er ein ausnehmend vornehmes Englisch. Es ist beschämend, wie die beiden nach Vokabeln ringen. Da rächt es sich, wenn man immer nur dem schnöden Mammon nachjagt und es verabsäumt, seinen Geist zu trainieren.

Klugscheißer. Sie blätterte weiter.

Heute Morgen, während ich nach der Behandlung ruhte, brachte Katharina das Gespräch auf Erika. Seltsam, seit ich hier bin, dachte ich bereits mehrfach an sie. Erika, groß, brünett, der ruhende Pol jeder Gesellschaft, hat mich in meiner Jugend so manche schlaflose Nacht gekostet und das nicht nur, weil wir nächtelang diskutiert hatten. Hätte ich nicht Keuschheit und Ehelosigkeit gelobt, Erika wäre die Frau gewesen, mit der ich mir ein gemeinsames Leben hätte vorstellen können.

Katharina hält den Zölibat ja für einen Anachronismus, aber was hält Katharina nicht für veraltet, wenn es um die Kirche oder den Vatikan geht.

Zugegeben, in jungen Jahren war ich, wie mein Vorgänger auch, dem Gedanken zugeneigt, den Zölibat auf den Prüfstand zu stellen. Mag sein, dass mich damals auch der Gedanke an Erika dazu ermutigt hatte. Heute weiß ich es besser: Der Zölibat ist ein Geschenk, eines, um das man kämpfen muss, sicherlich, aber gerade deswegen hat er einen so hohen Stellenwert.

Ich weiß auch, dass sich nicht alle Priester diesem Kampf stellen, viele arrangieren sich. Nicht, dass ich diese Vorgangsweise billige, aber sie hat Tradition. Solange eine Sache ein Gerücht bleibt, lässt man es gerne dabei und überlässt das Urteil darüber dem lieben Gott. Wenn ich dieses Thema in der Kurie anspreche, habe ich das Gefühl, gegen Gummiwände zu laufen. Kaum jemand widerspricht mir, dennoch bewirken meine Worte nichts. Das einzige Argument, das wir eines Tages möglicherweise werden gelten lassen müssen, ist das des Priestermangels, obwohl die evangelische Kirche mit ihren verheirateten Pastoren und trotz der Pastorinnen auch nicht allzu reichlich beschenkt wird. Dennoch, der Priestermangel ist ein gravierendes Problem in Europa. Es würde mich interessieren, wie Erika darüber denkt. Katharina sprach davon, sie einzuladen. Hoffentlich tut sie's, ich würde mich sehr freuen, Erika wiederzusehen.

***

„Schön, so allein", meinte Katharina beim Abendessen.

„Und ich fürchtete schon, du wirst es langweilig finden", antwortete Axel und nahm sich noch einen Schöpfer. „Diese Eiernockerl sind übrigens exzellent."

„Danke. Uns ist doch auch bisher nicht langweilig gewesen."

„Schon, aber nach all den Turbulenzen. Du liebst doch Gesellschaft und Abwechslung so sehr."

„Die Abwechslung besteht im Moment eben darin, dich wieder für mich alleine zu haben. Außerdem ist manches besser als unser uneinsichtiger Kirchenfürst. Er gebärdet sich wirklich, als wäre er …"

„Der Papst?"

Katharina lachte und strich das Haar zurück: „Na gut, er ist der Papst. Dennoch finde ich ihn immer noch anmaßend und borniert."

„Hast du etwa gehofft, ihn zu ändern?"

„Das nicht, aber ich wollte ihn ein wenig offener machen für die Fragen, die die Menschen wirklich bewegen. Mehr Frischluft in seine Gedanken bringen und diesen alten Moder etwas durchlüften. Meinst du, das würde ihm schaden?"

„Das würde ihm guttun, der katholischen Kirche vermutlich auch."

Sie nahm noch einen Schluck Bier und stellte die Teller zusammen. „Ich wusste gar nicht, dass du dich dafür interessierst."

Axel nahm die Salatschüssel und folgte ihr in die Küche. „Ich interessiere mich für dich."

Weiter im Text

Nach den Nachrichten zog sie sich in ihr Arbeitszimmer zurück und nahm die braune Mappe wieder zur Hand.

Freitag, 25. September

Katharina hat ihr Versprechen wahr gemacht: Gestern Abend war Erika zu Gast. Sie hatte keine Ahnung, dass sie mich treffen würde, und schien erst ziemlich erschrocken. Warum nur? Nun, sie hat sich bald wieder gefasst und nach und nach habe ich jene Erika wiedererkannt, die ich in Erinnerung hatte. Später war es mir, als hätte ich sie erst vor wenigen Tagen zum letzten Mal gesehen, so vertraut war sie mir. Erstaunlich, plötzlich war alles wieder da, die Erinnerung an ihre haselnussbraunen Augen, die so vertrauensvoll in die meinen geblickt hatten, an ihre große, schlanke Hand, die manchmal auf meiner geruht hatte, und an ihren Duft.

Trotz des ewigen Gezänks mit Katharina war es ein ganz wunderbarer Abend geworden und ich habe einige interessante Erkenntnisse daraus gezogen. Nicht nur, dass mein altes Herz immer noch rascher schlägt, wenn Erika in der Nähe ist, sondern auch, dass meine Mitarbeiter offenbar dazu neigen, mich allzu sehr von den Menschen abzuschirmen. Erika hat für sich und andere um eine Audienz angesucht. Eine Bitte, die ich ihr nur zu gerne gewährt hätte, aber ich habe dieses Schreiben nie gesehen, nie davon gehört. Es ist eine Schande.

Stattdessen drücke ich die Hände unzähliger Prominenter, manche von ihnen sogar bekennende Atheisten oder zumindest keine praktizierenden Katholiken. Zugegeben, diese Audienzen sind ganz angenehm, weil diese Menschen zumindest keine unangemessenen Fragen stellen. Dennoch, ich muss mich in diesen Dingen hinkünftig einfach mehr durchsetzen. Ich sollte es wirklich besser wissen. Es ist ja so einfach, dieses Beherrschen der Herrscher, ich habe es doch selbst lange genug praktiziert. Man muss ihnen nur das Gefühl der Wichtigkeit geben und sie mit möglichst pompösen

Nebensächlichkeiten beschäftigt halten. Jetzt eile ich von Termin zu Termin, während andere hinter meinen Rücken die Entscheidungen treffen. Erika meint ja, dass wir in Rom generell dazu neigen, die Menschen zu vernachlässigen. Sie meint, das hänge damit zusammen, dass wir all unsere Hoffnung in eine ferne Zukunft setzen. Verlieren wir dabei die Kontrolle über die Gegenwart? Ist es wahr, wenn Katharina sagt, die Welt schreitet so viel schneller voran als die Kirche?

Ja, das ist verdammt noch mal wahr, dachte Katharina und legte das Blatt zurück in die Mappe. Dass er überhaupt daran zweifeln konnte. Dachte er, weil sie sich der neusten Technologien bedienen, um ihre veralteten Vorstellungen zu verbreiten, hätte die Modernität schon Einzug gehalten? Egal. Es schien ihr, als hätte Erikas Besuch eine neue, längst vergessen geglaubte Saite in ihm zum Klingen gebracht. Interessiert las sie weiter.

Samstag, 26. September

Ich bin zutiefst enttäuscht. Florian und James, diese beiden feinen und gebildeten Menschen, die beiden, denen ich im Hause meiner Schwester die größte Sympathie entgegengebracht habe, haben eine Liebesbeziehung. Der Gedanke daran ist mir widerlich.

Und wieder ist es meine Schwester, die die beiden verteidigt, anstatt sie auf den richtigen Weg zu führen. Der Kaufmann scheint auch nichts dagegen zu haben. Kein Wunder, wenn es den jungen Menschen an Führung fehlt.

Katharina stand auf. Nein und noch einmal nein! Diesen Unsinn würde sie nicht weiterlesen. Sie würde diese Seiten vernichten. Oder sollte sie ihre Bemerkungen rot dazu schreiben und dann an Leo schicken? Jedenfalls hatte sie für heute genug. Genug von diesem Tagebuch, genug von ihrem Bruder und seiner unglaublichen Ignoranz. Sie verstaute die Blätter wieder in der Mappe und legte sie in ihre Schreibtischlade.
Doch schon am nächsten Tag las sie weiter.

Montag, 28. September

Seit ich in Rom bin, habe ich mich bemüht, keusch zu leben, gerecht zu handeln und ein gottgefälliges Leben zu führen. Seit ich auf dem Heiligen Stuhl sitze, habe ich mich bemüht, klug und zurückhaltend zu sein - seit ich im Hause meiner Schwester bin, gewinne ich zunehmend den Eindruck, alles falsch gemacht zu haben.

Das Gespräch mit Clemens war über weite Strecken zwar angenehm, aber nicht weiter bemerkenswert, wenn man unsere alte Freundschaft in Rechnung stellt. Doch nach dem Kaffee hat er mich gefragt, warum ich seinen Brief nicht beantwortet habe. Ich wusste von keinem Brief. Meine Mitarbeiter sind anscheinend sehr selbstständig, doch wozu führt das? Sicher, es ist unmöglich, alle Briefe persönlich zu beantworten, aber dieser war nicht nur persönlich, er war auch wichtig gewesen. Clemens hat sich offenbar ebenfalls dieser Ungehorsams-Plattform angeschlossen.

Das gibt mir nun doch zu denken. Erst Erika und nun auch Clemens. Hatten wir damals nicht alle die gleichen Ideale? Warum unterscheidet sich mein Standpunkt heute so deutlich von den Sichtweisen meiner damaligen Freunde? Liegt es wirklich daran, dass ich seit mehr als zwanzig Jahren im Vatikan lebe?

Haben unsere Denkweisen und unsere Traditionen tatsächlich das Ablaufdatum überschritten, wie Juliane es so deftig ausdrückte? Hat Katharina recht, wenn sie sagt, wir wären eine Ansammlung von Menschen mit festgefahrenen Ansichten?

Aber wir haben doch auch im Vatikan unterschiedliche Meinungen, haben Reformer und Traditionalisten. Selbst innerhalb der Kurie herrschen bisweilen Uneinigkeit und Intrige und oft genug versucht der eine oder andere mich seiner Meinung gefügig zu machen. Aber wie zeitgemäß sind unsere Reformer?

Jedenfalls darf ich es hinkünftig nicht zulassen, dass mich mein Amt vom direkten Kontakt mit den Menschen dermaßen trennt.

Katharina nickte zustimmend. Guter Vorsatz, aber wahrscheinlich war das gar nicht so einfach. Sie hatte ihn nicht gefragt, wie viele Kardinäle,

Sekretäre und sonstige Helferlein ihn täglich umschwirrten. Während sie versonnen weiterblätterte, fiel ihr auf, dass sie immer noch sehr wenig von seinem jetzigen Leben wusste. Die meisten ihrer Gespräche hatten doch wieder im Streit geendet.

Langsam lerne ich den Kaufmann zu bewundern. Er ist ein freundlicher Mensch und geduldiger Gastgeber und er kommt mit meiner Schwester gut aus. Das allein nötigt mir Respekt ab. Genau betrachtet, ist er Clemens gar nicht unähnlich. Jeder von ihnen ist in seinem Bereich ein tüchtiger Mann, jedoch ohne das Große anzustreben. Sie stellen keine Machtansprüche, vielleicht kommen sie deshalb so gut mit Katharina aus.

Interessanter Gedanke. Sie lächelte und las weiter.

Ich beneide die beiden um ihr gutes Verhältnis zueinander, es muss schön sein, jemand zu haben, der einem so vertraut ist. Katharina meint, der Mensch sei nicht dazu geschaffen, alleine zu leben. Vielleicht hat sie ja recht, vielleicht ist es das, was mir fehlt, das was mich krank gemacht hat. Seit ich Erika wiedergesehen habe, lässt mich der Gedanke an Zweisamkeit nicht mehr los. Ich verstehe es selbst nicht. Als ich jung war, habe ich auch gewusst, dass Erika die Frau meines Lebens gewesen wäre, aber der Gedanke an meine Berufung hat alles wettgemacht. Damals hat er mich für meinen Verlust entschädigt. Heute, nachdem ich so viele Jahre von meinem Lebenskonto bereits abgehoben habe, wie Axel das gestern Abend nannte, heute habe ich plötzlich das Gefühl, etwas versäumt zu haben. Etwas Wichtiges, das es nachzuholen gilt. Ist das nicht seltsam. Als junger Priester hat mein Amt mir die Kraft gegeben, auf Erika zu verzichten, und heute, wo ich das höchste Amt der Kirche bekleide, reicht das Wissen um mein Amt nicht aus, um das Gefühl des Verlustes wettzumachen. Müsste es nicht umgekehrt sein?

Vielleicht ist meine Liebe zu Gott nicht mehr radikal genug, mein Denken nicht mehr so stark in die Zukunft gerichtet. Vielleicht liegt es aber auch daran, dass ich nicht mehr glaube, die Welt verändern zu können.

Jedenfalls möchte ich Erika noch einmal sehen, bevor ich abreisen muss.

Mittwoch, 30. September

Morgen um diese Zeit werde ich in meinem Arbeitszimmer sitzen, der Kardinal-Staatssekretär wird mir Bericht erstatten und Kardinal Calvi wird nicht umhin können, mir durch die Blume mitzuteilen, dass mein Verhalten jeder traditionellen Vorstellung widersprach.

Das ist zwar richtig, aber ich kann meinen Entschluss, hier zu bleiben, nicht bereuen, und das nicht nur, weil ich mich wirklich bedeutend besser fühle. Katharina hat mich zwar gewarnt, der Schein könnte trügerisch sein, wenn ich die Methode nicht weiter fortführe. Eine interessante Methode, mit der bestimmt vielen Menschen geholfen werden könnte. Wenn ich Mut genug hätte, dazu zu stehen, könnte ich ihr möglicherweise zum Durchbruch verhelfen. Später vielleicht, vorerst gibt es wichtigere Dinge zu tun.

Vor meiner Abreise nach Wien habe ich mich ständig so müde und kraftlos gefühlt, dass ich froh war, die notwendigsten Tagesordnungspunkte erledigen zu können. Jetzt fühle ich mich eher in der Lage, mich den Problemen zu stellen. Zuallererst muss ich dafür Sorge tragen, dass die wichtigen Dinge nicht an mir vorbeigleiten. Denn wenn ich bei meiner Arbeit den Kontakt zu den Menschen verliere, dann habe ich vielleicht alles getan – nur nicht das Notwendige.

Ich sehe es nach wie vor als meine Aufgabe, zwischen Gott und den Menschen zu stehen, auch wenn Katharina meint, ich stünde ihnen bloß im Wege.

Von den Streitigkeiten mit ihr abgesehen habe ich viele neue Erfahrungen gemacht. Ich habe erlebt, wie tot geglaubte Wünsche und Hoffnungen plötzlich wieder erwachten, und habe einmal mehr erfahren, wie unterschiedlich Gott die Menschen gemacht hat.

War ich ungerecht zu Florian und James? Als Papst musste ich im Sinne der Lehre der Kirche antworten, aber kann meine Antwort ihnen gerecht werden?

Wohin ich auch schaue, ich stehe vor einem Problem. Jedes einzelne müsste angegangen werden, dass erfordert nicht nur Ausdauer und Kraft, es erfordert auch die ständige Auseinandersetzung mit meinen Beratern.

Jeder von ihnen verfolgt andere Ziele und alle wollen sie mich ihren Wünschen gefügig machen. Ich aber sehne mich plötzlich nach Freundschaft und Harmonie, nach Liebe und Zweisamkeit. Auch das ist eine wiedergewonnene Erfahrung. Schon lange habe ich mich nicht so sehr nach Freundschaft gesehnt, wie in diesen Tagen. Ich hätte Erika gerne zum Freund, auch Clemens, weil ich Freunde brauche, die außerhalb der Mauern des Vatikans leben, aber ich glaube nicht, dass sie meine Freundschaft suchen, und fürchte, sie betrachten mich als ihren Gegner.

Ich werde wieder lernen müssen, damit umzugehen.

Das zweite Wiedersehen mit Erika verlief leider enttäuschend, doch ich beginne langsam zu verstehen, was es damals für sie bedeutet hat, dass ich mich für die Karriere im Vatikan entschieden habe. Sie wusste, was mein Priesteramt mir bedeutete. Hat sie dennoch etwas anderes erhofft?

„Wenn du geblieben wärst, hätten wir uns zumindest dann und wann sehen können. Wir hätten miteinander gesprochen und voneinander gewusst, so wie in der Jahren davor", hat sie gesagt und ich werde ihren Blick dabei lange nicht vergessen.

Jedenfalls scheint sie der Meinung zu sein, dass ich nun in der Lage wäre, unsere Situation zu vereinfachen. Doch da irrt sie, wie viele andere auch. Die Macht des Papstes wird ja allgemein überschätzt.

In diesen Tagen habe ich viel über mich und meine Umwelt gelernt. Auch meine Schwestern sind mir jetzt näher – sogar Katharina. Ich schulde ihr Dank.

Interessant, welch unterschiedliche Erinnerungen wir an unsere Kindheit und unsere Eltern haben. Ich habe meine Mutter stets geachtet und habe nie in Zweifel gezogen, dass sie uns liebte. Natürlich war sie streng, aber musste sie nicht so sein, da mein Vater sich um jede Verantwortung gedrückt hat? Wie oft hat sie ihn gebeten, ein Machtwort zu sprechen, wenn einer von uns frech oder ungehorsam war – nur sehr selten hat er es getan. Ich habe ihn für seine Nachgiebigkeit nicht geachtet, ganz im Gegenteil, für mich war er ein Schwächling, der sich nicht einmal dem Alkohol widersetzen konnte.

Meine Schwestern hingegen bezeichnen ihn als liebevollen Vater und Katharina geht sogar so weit, Mutter die Schuld an seinem Tod zu geben.

Welch ein Unsinn! Er war zu schnell gefahren – und er hatte davor getrunken. Nicht viel, ein paar Gläschen, hatte sein Freund, der Tierarzt, später gesagt. Ein paar Gläschen zu viel.

Letztendlich habe ich die Zeit auch genützt, um über meine einsame Zukunft nachzudenken. Jetzt erst ist mir so recht bewusst geworden, dass ich auf ewig mit Rom und dem Vatikan verbunden sein werde. Päpste sind nicht pensionsberechtigt. Sie dienen Gott, so lange ihre Kräfte es erlauben – manchmal darüber hinaus. Aber selbst wenn ich eines Tages abdanke, werde ich wohl, wie mein Vorgänger, meine verbleibenden Tage in Castello Gandolfo verbringen.

Dein Weg, Herr, hat am Kreuz geendet. Mein Ende wird man so lange wie möglich hinauszögern. Auch werde ich am Ende nicht allein sein, sondern umgeben von Menschen, die für mich beten werden, ob sie mich nun lieben oder nicht.

Hier endeten die Aufzeichnungen. Katharina wischte sich eine Träne aus den Augen und sah auf die Uhr, es war schon fast elf. Als sie die Tür ihres Arbeitszimmers öffnete, kam Axel die Stiegen herauf: „Ich dachte, du schläfst schon."

„Ich habe etwas gefunden." Sie ging zurück und nahm die braune Ledermappe. Als Axel sie sah, sagte er: „Die habe ich deinem Bruder mitgebracht, er muss sie vergessen haben."

„Daran habe ich auch schon gedacht", entgegnete sie und lächelte ihn an. „Er hat ein paar Ansprachen vorbereitet - und Tagebuch geführt."

„Hast du es etwa gelesen?"

„Was denkst du denn. Schließlich ist er mein Bruder und es war sehr aufschlussreich. Möchtest du?" Sie hielt ihm die Mappe entgegen.

Axel ging kopfschüttelnd daran vorbei: „Sicher nicht."

Am nächsten Morgen steckte sie die Mappe in einen großen Briefumschlag und sandte sie nach Rom.

Der Kirchenstreit

Es regnete in Strömen und der Wind blies so heftig, dass Katharina gar nicht erst den Versuch unternommen hatte, einen Schirm aufzuspannen.

„Puh, grauslich", sagte sie mehr zu sich, als sie endlich im Haus waren.

„Du wolltest ja unbedingt heute shoppen gehen", entgegnete Axel und schüttelte seinen Mantel aus.

„Immerhin, die ersten Weihnachtsgeschenke sind gekauft und jetzt mache ich uns zur Belohnung einen heißen Tee. Möchtest du ein Sandwich oder lieber ein Stück Apfeltarte dazu?"

„Genau in der Reihenfolge. Gibt's Schlagobers zur Apfeltarte?"

„Ausnahmsweise, dann gibt's aber kein Nachtmahl mehr. Außerdem bekomme ich dafür Weihnachtsmusik, schließlich ist morgen schon der erste Advent."

Sie liebte Weihnachtsmusik, Axel hingegen ließ sie nur um ihretwillen über sich ergehen.

Als sie mit dem Servierwagen ins Zimmer kam, träumte Bing Crosby von weißer Weihnacht und im offenen Kamin prasselte ein Feuerchen.

„Genau so habe ich mir das vorgestellt. Nach ein paar Stunden Einkaufstrubel ist das genau das Richtige", freute sie sich und arrangierte alles auf dem Esstisch.

„Also, mir hätte es ohne Einkaufstrubel auch sehr gut gefallen."

„Wenn's nach dir ginge, würden wir auch frühestens am 23. Dezember mit den Weihnachtseinkäufen beginnen."

Axel murmelte etwas Unverständliches und goss den heißen Tee auf den großen Kandiszucker, den sie im Vorjahr von Ostfriesland mitgebracht hatten. Kluntje nannte man die großen Zuckerstücke, die fast wie Bergkristall aussahen. Gemächlich goss er etwas Sahne dazu und gerade als er sich des ersten Sandwiches bemächtigen wollte, läutete sein Handy.

„Hallo, Juliane", hörte sie ihn sagen und hätte zu gerne gewusst, worum es ging, doch er hörte eine Weile nur zu und sagte dann: „Machen wir. Bis morgen, meine Liebe."

Sie sah ihn gespannt an.

„Juliane."

Sie nickte ungeduldig.

„In ‚Österreich heute' bringen sie einen Bericht über die jüngste Auseinandersetzung des Kardinals mit den Aufständischen und morgen Abend ist Clemens zu Gast bei einer Fernsehdiskussion zum Thema: die frommen Rebellen."

„Und warum sagt er mir das nicht?"

„Er weiß es auch erst seit heute, sagt Juliane, und hätte seit Mittag versucht, dich zu erreichen."

Sie angelte nach ihrem Handy: „Tatsächlich. Ich hatte es auf lautlos geschaltet."

„Jedenfalls wird die Sendung schon am Vormittag aufgezeichnet und Juliane hat für 13 Uhr einen Tisch im Napoleonwald bestellt."

„Lädt sie uns etwa ein?"

Diese Frage entlockte Axel nur ein Grinsen und Katharina schwankte zwischen Ärger und Vergnügen. Juliane organisierte gerne und ging immer noch ganz selbstverständlich davon aus, dass sie die Zeche bezahlten.

„Es ist dir doch recht?", fragte Axel nach.

„Klar ist es mir recht. Wann bringen sie den Bericht?"

Er sah auf die Uhr und schaltete den Fernsehapparat ein.

Der Beitrag hatte eben begonnen. Er war kurz und brachte nur ein Statement des Kardinals, der einmal mehr darauf hinwies, dass alle angesprochenen Fragen in Rom zu entscheiden seien und ein Alleingang der österreichischen Katholiken aus seiner Sicht nicht in Frage käme. Dann erfolgte ein Hinweis auf die morgige Sendung.

*

In der Nacht war aus dem Regen Schnee geworden und am Morgen war alles weiß angezuckert. Katharina mochte es, wenn der Advent mit etwas Schnee begann, doch zu Mittag war die weiße Pracht wieder dahingeschmolzen und die Sonne schien aus einem strahlend blauen Himmel.

Das Restaurant war gut besucht. Sie hatten einen schönen Ecktisch im Wintergarten bekommen und waren bereits beim Aperitif, als Juliane kam.

„Sorry, ihr Lieben, Felix sucht noch Parkplatz."

„Ach, Felix kommt auch", fragte Katharina mit leicht hochgezogener Augenbraue.

„Klar kommt Felix auch", gab Juliane patzig zurück und nahm zwischen Clemens und Axel Platz.

Katharina spürte Axels Hand auf ihrem Arm. Sie schluckte die spitze Bemerkung, die ihr auf der Zunge gelegen war, mit etwas Prosecco hinunter und sagte dann: „Ich hoffe, er weiß, dass es sich um ein rein privates Treffen handelt."

„Klar weiß er das, aber gute Presse können wir schließlich dringend brauchen. Ich bin übrigens seit gestern unterstützendes Mitglied eurer Initiative", wandte sie sich an Clemens. „Jetzt erzähl mal, Rebellenboss, wie war dein Auftritt? Langsam wird das wohl Routine."

Clemens, seit einigen Monaten Vorstandsmitglied des Expertenboards „Kirche neu", war kurz nach dem Papstbesuch schon einmal Gast in einer Talkshow gewesen und bereits mehrfach interviewt worden.

„Trotzdem ist es immer wieder aufregend. Der Kardinal wirft uns vor, nicht mehr auf dem Weg der römisch-katholischen Kirche zu wandeln, und stellt uns gleichzeitig ein Ultimatum: Entweder wir ziehen unsere Forderungen zurück oder er kann disziplinäre Maßnahmen nicht mehr ausschließen."

In der Zwischenzeit war Felix zu ihnen gestoßen. Diesmal scheint es Juliane wirklich ernst zu meinen, dachte Katharina ohne Euphorie und hörte Axel fragen: „Wie hatte die Sache eigentlich so eskalieren können? War das von euch geplant?"

„Überhaupt nicht", antwortete Clemens und zündete sich eine von Axels Zigarillos an, ein sichereres Zeichen dafür, dass er nervös war. „Natürlich wollten wir provozieren, aber wir haben nicht damit gerechnet, dass uns der Kardinal mehr oder weniger den Stuhl vor die Tür stellt – noch dazu vor laufender Kamera. Gleichzeitig beschwört er eine Einheit, die es längst nicht mehr gibt."

„Was werdet ihr tun?", fragte Axel, musste sich aber gedulden, weil in dem Moment die Vorspeisen serviert wurden. Katharina hatte sich für ein Karottensüppchen mit Ingwer entschieden und sah missbilligend auf Julianes Teller: Gebackene Blunzenradeln, und das zur Vorspeise. Warum das Kind bloß immer nach dem Teller mit den meisten Kalorien griff?

„Jedenfalls werden wir nicht von unseren Forderungen abgehen, das haben wir auch heute klar und deutlich gesagt", hörte sie Clemens sagen.

„Und was versteht der Kardinal unter disziplinären Maßnahmen? Bekommt ihr Hausarrest oder dachte er mehr an körperliche Züchtigung", spottete Juliane.

Clemens ging auf ihren Spott nicht ein: „Suspendierung oder Exkommunikation. Wir haben morgen Vormittag einen Termin mit einem anerkannten Kirchenrechtler, danach wissen wir vielleicht mehr. Kann ich bei euch übernachten?"

„Sicher", antworteten Axel und Katharina gleichzeitig.

Nach dem Essen besuchten sie noch einen nahe gelegenen Weihnachtsmarkt, aber die vorweihnachtliche Stimmung, die Katharine am Tag zuvor gespürt hatte, wollte sich nicht wieder einstellen.

Die Fernsehdiskussion wurde erst um 22 Uhr gesendet und Katharina war schon redlich müde, aber der Ärger über den Kardinal und einen seiner Gefolgsmänner machte sie rasch wieder munter, obwohl sie das meiste schon von Clemens' Erzählungen wusste.

„Unfasslich!", sagte sie am Ende und schaltete den Apparat aus. „Also ich brauche jetzt noch einen Schluck Wein oder wollt ihr etwas anderes?" Die Herren entschieden sich ebenfalls für Wein.

„Meinst du, Leo würde, im Fall des Falles, für uns eintreten?", fragte Clemens, nachdem sie einander zugeprostet hatten.

Sie schüttelte aus voller Überzeugung den Kopf. „Du kennst ihn doch, er würde eher die eigene Hand ins Feuer legen, als seine Unterschrift unter die kleinste Abweichung vom Herkömmlichen setzen."

Eine Weile herrschte Stille, nur der Zimmerspringbrunnen plätscherte. „Aber eine Kirchenspaltung kann doch auch nicht in seinem Interesse sein", gab Axel zu bedenken.

„Eine Spaltung ist auch nicht unser Ziel. Ganz im Gegenteil. Wir wollen einfach nur den Fortbestand des pfarrlichen Alltags sichern. Und der ist, zumindest bei uns auf dem Land, bei Weitem nicht gesichert, egal was der Kardinal sagt."

Katharina wusste aus seinen Erzählungen, wie sehr gerade Landgemeinden unter dem akuten Priestermangel zu leiden hatten.

„Wir haben morgen, nach dem Gespräch mit dem Kirchenrechtler, noch eine Sitzung. Sollte es da später werden …"

„Kannst du selbstverständlich hier übernachten", beendete sie seinen Satz.

Ich hätte die Antwort Axel überlassen müssen, dachte sie wenig später, während sie die Nachtcreme einmassierte, und sah dem nächsten Tag mit gemischten Gefühlen entgegen. Sie mochte es, wenn Clemens da war, aber genau deswegen fühlte sie sich Axel gegenüber schuldig. Natürlich hatte er kein Wort dagegen gesagt, aber das tat er schließlich nie.

*

Clemens, der auch den nächsten Abend bei ihnen verbrachte, schienen solche Gedanken nicht zu plagen. Er hatte es sich bequem gemacht, den schwarzen Anzug gegen einen weiten Pullover und eine Schnürlsamthose getauscht und nach dem Abendessen auf Florians alter Gitarre herumgeklimpert. Katharina summte ein wenig mit, fühlte sich an alte Zeiten erinnert und streichelte zum Ausgleich Axels Hand.

Die entspannte Stimmung konnte sie aber nicht darüber hinwegtäuschen, dass Clemens besorgt war, und sie war in der Zwischenzeit zur Erkenntnis gelangt, dass er auch allen Grund dazu hatte. Was wie ein wohlgeordneter Protest der kirchlichen Basis begonnen hatte, war langsam aus dem Ruder gelaufen. Von den ursprünglich vierhundert rebellischen Priestern waren kaum noch dreihundert übrig, doch die schienen mehr denn je entschlossen, die Sache durchzuziehen, vor allem, seit sie zunehmend Unterstützung aus anderen Ländern erhielten.

Clemens stellte die Gitarre zur Seite, stand auf und schlenderte durchs Zimmer. Dann blieb er stehen und sagte: „Wir können gar nicht mehr zurück. Wenn wir jetzt klein beigeben, wäre das ein Sieg der Konservativen, den uns die engagierten Laien, die uns so zahlreich unterstützen, nicht verzeihen würden."

Katharina hatte sich erst heute Morgen im Internet das gesamte Programm der Plattform durchgelesen und sich ebenfalls als unterstützendes Mitglied registrieren lassen. „Ihr seid ohnehin die konservativsten Rebellen, die die Welt je gesehen hat, und die, die sich als Bewahrer hervortun, sind in Wahrheit Reaktionäre. Die Kirche war, zumindest in unseren Breiten, schon vor vierzig Jahren ein Eckhaus moderner als heute."

„Da ist was dran", seufzte Clemens. „Das macht uns ja so wütend."

Axel stocherte in seiner Pfeife herum: „Mit Wut lässt sich euer Problem aber nicht lösen. Was ihr braucht, ist ein Mediator."

„Du meinst jemanden, der zwischen dem Kardinal und uns vermittelt? Gute Idee."

„Ich meine jemanden, der zwischen euch und dem Vatikan vermittelt, schließlich sprach der Kardinal von einer dramatischen Zerreißprobe. Ihr solltet nicht warten, bis er die Initiative ergreift und sich an Rom wendet."

*

Ehe Clemens am nächsten Tag abfuhr, sagte er zu Katharina: „Axels Idee mit der Mediation geht mir nicht aus dem Kopf. So verfahren wie der Karren in der Zwischenzeit ist, wäre das vielleicht eine Lösung."

„Mhm", machte Katharina und suchte in der Zeitung nach dem Artikel, den Felix für heute versprochen hatte. Sie musste die Zeitung zweimal durchblättern, weil sie die Überschrift:

Gegen Diktatur und Diskriminierung

erst nicht mit der Reforminitiative in Verbindung gebracht hatte.

„Gegen Diktatur und Diskriminierung in den eigenen Reihen", mit die-sen harten Worten war ein Mitglied des Expertenboards „Kirche neu", das die Reforminitiative in der Zwischenzeit anführt, an die Öffentlich-keit gegangen. Konkret hatte er diesen Satz bei Twitter und Facebook gepostet und damit einen Sturm der Entrüstung in der Amtskirche aus-gelöst. Der Vorsitzende des Expertenboards, P. Clemens Neuner, formu-liert es freilich anders, doch im Kern ist auch er für eine Abflachung der Hierarchien in der Amtskirche. Es ginge nicht an, dass sich Priester und Laien im 21. Jahrhundert wie ungezogene Schulkinder von einigen we-nigen Kirchenfürsten zurechtweisen und gängeln lassen. Ein Denkverbot dürfe es keinesfalls geben. Jesus selbst hätte vorgelebt, was Kirche bedeutet. Er habe Toleranz gepredigt und den unbedingten Willen zum Frieden, aber er habe auch immer deutlich Stellung bezogen. Von Machtgelüsten und fürstlichen Obrigkeiten sei jedenfalls nicht die Rede gewesen. Neuner, Dechant des Dekanates Mürztal, unterstrich einmal mehr, dass weder die Mitglieder des Expertenboards noch die unterstützenden Laien an eine Zurücknahme ihrer Forderungen dächten.

„Leider berichten nicht alle Journalisten so seriös wie unser zukünfti-ger Schwiegersohn", meinte Clemens.

„Ich rate ihm zu nichts anderem."

Er lächelte: „Du magst ihn nicht besonders."

Es war eine Feststellung, die sie auch nicht zu kommentieren be-absichtigte. Sie war sich ja selbst nicht sicher. Objektiv betrachtet, war Felix nichts vorzuwerfen, und vielleicht waren ihre Vorbehalte tatsächlich darauf zurückzuführen, dass man ihr nicht von Anfang an reinen Wein eingeschenkt hatte, wie Axel vermutete. Aber darü-ber wollte sie jetzt nicht nachdenken, lieber brachte sie das Thema noch einmal auf die Frage des Mediators: „Kennst du jemanden, der eure Ziele unterstützt und dennoch das Vertrauen des Vatikans genießt?"

Er sah sie schelmisch an: „Mhm, kennst du auch."

Sie nickte: „Du denkst also auch an Erika. Wenn ich mich recht erinnere, hat sie schon einmal versucht, für einige Mitglieder der Reforminitiative einen Audienztermin zu bekommen."

„Ich weiß, obwohl ich zu der Zeit noch nicht im Vorstand war. Leo hat erzählt, er hätte ebenso wenig davon erfahren wie von meinem Brief. Meinst du, wir haben diesmal bessere Karten?"

Katharina überlegte kurz, ob sie ihm von Leos Tagebuch-Aufzeichnungen erzählen sollte, entschied sich aber dagegen. Stattdessen sagte sie: „Florian hat ihm empfohlen, eine eigene E-Mail-Adresse für private Kontakte einzurichten. Erstaunlicherweise hat er den Vorschlag aufgenommen. Monsignore Rinaldo hat vor wenigen Wochen die Adresse bekannt gegeben. Wenn wir Leo über diese Mailadresse benachrichtigen, wissen wir zumindest, dass er die Nachricht bekommen hat, und ich bin sicher, dass er sich die Gelegenheit, Erika in Rom zu begrüßen, nicht entgehen lassen wird. Ob sie allerdings etwas ausrichten kann, bezweifle ich, nicht nur, weil Leo selbst ein Traditionalist ist. Wenn ich es richtig verstanden habe, herrscht im Vatikan zwar keine Demokratie, aber Leos Macht scheint dennoch Grenzen zu haben."

„Immerhin ist er lange genug dabei, um die verschlungenen Wege der Entscheidungsfindung zu kennen", antwortete Clemens optimistisch und verabschiedete sich, wie gewohnt, mit einer stürmischen Umarmung.

Als Clemens gegangen war, dachte Katharina: Schade, dass ich mir die Aufzeichnungen nicht kopiert habe. Ich würde jetzt zu gerne noch einmal die Stelle lesen, wo Leo über sein Wiedersehen mit Erika geschrieben hat.

Die Reise nach Rom

Der Dezember verging Katharina viel zu schnell und in den letzten Tagen vor Weihnachten war ihre Ordination zum Bersten gefüllt. In diesen Tagen schienen besonders viele Menschen unter Befindlichkeitsstörungen zu leiden und eigentlich hätte sie jedem Zweiten sagen müssen: Nehmen sie sich eine Auszeit, vergessen sie den Stress um die Geschenke und denken Sie daran, dass das Leben auch nach Weihnachten weitergeht. Aber sie schaffte es ja selbst kaum, sich dem allgemeinen Trubel zu entziehen. So chaotisch wie heuer war es bei ihnen allerdings noch selten zugegangen.

Zumindest würde Florian alleine kommen, James wollte ebenfalls seine Familie besuchen. Soweit so gut. Juliane hatte den ersten wirklichen Streit mit Felix um die Frage, wer wann wo Weihnachten feiern würde, und Maria hatte wieder einmal Zoff mit der Mutter Oberin, weil sie die gesamten Weihnachtsfeiertage im Kloster verbringen sollte.

Fest stand, dass Oma Inge diesmal an allen Tagen bei ihnen sein würde, weil Axels Bruder eine Kreuzfahrt gebucht hatte.

„Wir nehmen es, wie's kommt, und machen das Beste daraus", hatte Axel gesagt und sie wusste einen Augenblick lang nicht, ob sie ihn dafür lieben oder hassen sollte. Natürlich wäre es das Beste gewesen, den Dingen ihren Lauf zu lassen, aber das entsprach nicht ihrem Naturell.

Also rief sie zuerst im Kloster an und erzählte der Mutter Oberin eine rührende Geschichte vom verlorenen Sohn, der nach Monaten in der Fremde heimkam und so gerne seine Tante Maria sehen würde. Nicht dass die Mutter Oberin das geglaubt hätte oder gar vor Rührung vergangen wäre, aber da sie Katharina kannte und es nicht liebte, sich mit gleichwertigen Partnern herumzuschlagen, gab sie ihre Zustimmung, dass Maria nach dem Festgottesdienst am Christtag zu ihnen kommen durfte.

„Vergelt's Gott", hatte Maria, diesmal aus tiefstem Herzen, gesagt.

Solchermaßen beflügelt, machte sie sich daran, zwischen Juliane und Felix zu vermitteln, was im Ergebnis dazu führte, dass die beiden den

Heiligen Abend bei seinen Eltern und den Christag bei ihnen verbringen würden. Als dann auch noch Clemens anrief, um nicht nur sein Kommen für den Christtag Mittag anzukündigen, sondern auch darum bat, einen Gast mitbringen zu dürfen, waren sie am Christtag zehn Personen zu Tisch.

„Fühlst du dich jetzt besser?", hatte Axel gefragt.

*

Katharina liebte den Heiligen Abend traditionell, also hatte sie auch diesmal Karpfen gebacken und einen Erdäpfel-Vogerlsalat dazu gemacht. Sie hatte den Tisch festlich gedeckt und eine Weihnachtsplatte aufgelegt, doch während des Essens schien jeder seinen eigenen Gedanken nachzuhängen. Oma Inge war am Heiligen Abend immer melancholisch, da schien sie ihren verstorbenen Mann am meisten zu vermissen, Florian war in Gedanken vermutlich bei James, und sie selbst vermisste Juliane, die am Heiligen Abend bisher noch nie gefehlt hatte.

Von Leo war eine ziemlich fromme Weihnachtskarte gekommen, die sie später unter dem Christbaum zum Besten gab.

„Was willst du", hatte Florian gesagt, er ist der Papst.

Der Abend war angenehm verlaufen, aber selbst während der Christmette hatte sie das weihnachtliche Hochgefühl vermisst.

Für den Christtag hatte Oma Inge ihre Hilfe in der Küche angeboten, aber Katharina wusste aus Erfahrung, dass dieses Anerbieten mehr ihrem freundlichen Wesen als ihrer Neigung entsprach und nicht sonderlich effektiv sein würde. Auch Juliane hätte angeblich gerne geholfen, aber sie musste erst noch bei ihrem Patenkind vorbeischauen. Also hatte Katharina sich für ein Menü entschieden, dass festlich und dennoch hausfrauenfreundlich war. Die Rindsuppe hatte sie schon am Vortag gekocht, den Lungenstrudel hatte der Fleischhauer ebenso vorbereitet wie den Kalbsnierenbraten, den sie nur noch zu braten brauchte. Dazu gab es Schwammerlreis und Erbsen. Für den Nachtisch stand eine Eisbombe bereit, zu der sie marinierte Orangen servieren würde.

Punkt zwölf war Katharina zwar etwas außer Atem, aber alles war nach ihren Vorstellungen und endlich hatte sie das Gefühl: Weihnachten. Sie war schon gespannt, wen Clemens mitbringen und was er über seine Reforminitiative berichten würde; sie hatten seit seinem Besuch vor vier Wochen nichts mehr davon gehört. Weder von ihm noch aus den Medien.

Wie immer kam er als Letzter - und er brachte Erika mit.

„Darf ich bekannt machen, unsere Mediatorin." Er machte eine Handbewegung zu Axel: „Ganz nach deinem Vorschlag."

Dann wurden kleine Geschenke ausgetauscht und noch einmal auf das Weihnachtsfest angestoßen. Maria erzählte, wie bedrückt die Stimmung am Vorabend gewesen sei, weil es doch das letzte Weihnachtsfest im Kloster Kreuzenstein war, Clemens berichtete, dass während der Christmette ein Ast des Christbaums Feuer gefangen hatte und Juliane bemängelte, dass in Felix' Familie nicht einmal das Weihnachts-Evangelium verlesen worden sei.

Während Juliane half, die Teller abzuräumen, fragte sie Clemens: „Und, wirst du jetzt exkommuniziert?"

„Mal den Teufel nicht an die Wand", protestierte der und Erika sagte: „Das sollten deine Mutter und ich doch verhindern können."

„Du vielleicht", antwortete Katharina. „Soweit es mich betrifft, ist zu befürchten, dass ich diesen Prozess eher beschleunigen würde."

„Dennoch bitte ich dich, mit mir nach Rom zu kommen."

Alle sahen sie gespannt an und sie berichtete in ihrer unprätentiösen Art, dass das Expertenboard der Reformbewegung sie gebeten hatte, die Vermittlerrolle zwischen den ‚Rebellen' und dem Vatikan zu übernehmen. Sie hatte sich bereits an Leo gewandt und diesmal umgehend Antwort erhalten.

„Dann scheint die Sache mit seinem Privat-Account ja zu funktionieren", freute sich Florian.

„Allerdings hat er mir geraten, wir sollten uns in Gelassenheit üben, man sei ja dabei, diese Dinge auch in Rom zu besprechen."

„Typisch", ärgerte sich Katharina. „Immer wieder mal darüber reden, aber nur nichts entscheiden, dann braucht man letztendlich auch nichts zu verändern."

„Außerdem appellierte er an die große Verantwortung, gerade der intellektuellen Priester", sagte Clemens und fügte schelmisch hinzu: „Damit kann er mich aber nicht gemeint haben, ich gehöre bekanntlich nur zum Bodenpersonal."

„Dabei müsste doch auch dem Vatikan an Änderungen gelegen sein", wandte Felix ein, der bisher noch kaum etwas gesagt hatte. Offenbar fühlte er sich in seiner neuen Rolle als zukünftiger Schwiegersohn noch nicht ganz wohl. „Ich habe recherchiert, dass das Durchschnittsalter der Priester bei über 60 Jahren liegt, im Vatikan ist es noch höher."

„Deswegen geht ja auch nichts weiter. Mit DEM Personal kann man einfach keine Zukunftsstrategien planen. Übrigens", sagte Clemens zu Felix gewandt, „soll Erikas Mission vorerst geheim bleiben."

„Dacht ich mir's doch", grinste Felix.

*

Während Axel die leeren Flaschen zum Altglas-Container brachte, räumte Katharina den Geschirrspüler ein. Wie hatte sie sich nur auf so etwas einlassen können. Sie und bei Leo vermitteln, was für ein Irrwitz. Sie hatten sich schon als Kinder ständig gestritten. Aber Erika hatte argumentiert, es ginge eher darum, die Sache im Vatikan wie einen Privatbesuch aussehen zu lassen, also hatte sie zugesagt. Gleich nach Neujahr sollte es losgehen.

„Fahrt ihr mit dem Zug?", hatte Maria hoffnungsvoll gefragt.

„Bist du wahnsinnig? Das dauert ja ewig", hatte sie gedankenlos geantwortet. War sie wieder einmal zu brüsk gewesen? Vermutlich wäre Maria gerne mit ihnen gekommen und eine Reise zum Papst hätte ihr nicht einmal die Mutter Oberin verwehren können. Nun, es würde sich eine andere Gelegenheit ergeben. Sie dachte nicht daran, mit dem Zug nach Rom zu reisen und Maria stieg in kein Flugzeug, soviel stand fest.

In der Zwischenzeit war Axel zurückgekommen. Er stellte den leeren Korb in den Schrank, wusch sich die Hände und fragte ganz en passant: „Fährt Clemens eigentlich mit euch?"

„Das steht noch nicht fest und hängt davon ab, wie seine Mitstreiter entscheiden. Warum fragst du?"

„Ach, nur so. Ich spiele noch eine Runde Billard mit Florian."

„Mach das, ich gehe jetzt duschen und leg mich dann zum Fernseher."

„Na dann, schlaf gut", lächelte er und küsste sie im Vorbeigehen flüchtig auf die Wange.

*

„Die theologische Begründung für den Zölibat steht ohnehin auf schwachen Beinen", erklärte Erika eine Woche später, während sie zu ihrem Gate schlenderten. „Außerdem müssen wir Leo klar machen, dass diese Lebensform von der Bevölkerung zunehmend in Frage gestellt wird."

„Es ist ja auch schwachsinnig. Sexualität ist ein essentieller Bestandteil der Gesundheit", antwortete Katharina.

„So solltest du es allerdings nicht formulieren", antwortete Erika lachend.

„Aber es ist doch wahr. Kein normaler Mensch versteht, wozu das gut sein soll. Axel meint ja, es gehe der Kirche wahrscheinlich ums Geld. Schließlich muss ein verheirateter Priester auch eine Familie erhalten – zumindest zum Teil."

Dann mussten sie durch die Kontrolle. Während sie auf das Boarding warteten, sagte Clemens: „Axel hat übrigens nicht unrecht. Der finanzielle Aspekt ist schon ein Problem, aber die ganz große Hürde ist zweifellos die Scheidung. Wo Ehe erlaubt ist, wird es auch zu Scheidungen kommen. Was aber macht man mit einem geschiedenen Priester?"

„Wie gehen denn die Protestanten damit um?"

„Gute Frage, ich werde das gleich recherchieren, wenn wir in der Luft sind."

Sie hatten einen angenehmen Flug, dafür dauerte es in Rom fast eine Stunde, bis ihr Gepäck kam.

Monsignore Rinaldo wartete bereits auf sie. „Willkommen in der ewigen Stadt!"

„Ach, deshalb haben wir gerade ewig auf unser Gepäck gewartet", scherzte Clemens.

Monsignore Rinaldo lächelte, mehr aus Höflichkeit, denn aus Belustigung, wie Katharina vermutete, und verstaute ihr Gepäck. Er fuhr einen dunklen Mercedes, den er rasch und sicher durch die Stadt lenkte.

„Sie fahren gut", lobte Katharina, die neben ihm saß.

Der Monsignore schmunzelte: „So viel Weltlichkeit haben Sie mir vermutlich nicht zugetraut. Wäre ich nicht Priester geworden, hätte ich Maschinenbau studiert. Ich liebe Autos."

„Zumindest eine Form der Liebe, die Ihnen gestattet ist", antwortete sie.

Kirchenfürsten unter sich

Es ist wie im Film, dachte Katharina. Vor Leos Gemächern standen zwei Schweizer Gardisten mit ihren Hellebarden, die, sobald sie den Monsignore erkannten, den Weg freigaben. Leo kam ihnen in seiner weißen Soutane entgegen.

„Gelobt sei Jesus Christus. Ich freue mich."

Das wird stimmen, dachte Katharina, wenn sie auch nicht daran glaubte, dass Clemens oder sie selbst zu dieser Freude allzu viel beitrugen. Ihre Vermutung schien sich zu bestätigen, als sie ihm ein kleines Päckchen überreichte, als verspätetes Weihnachtspräsent der Familie. Er nahm ihr Geschenk mit mehr oder weniger geistreichen Worten gedankenlos entgegen, freute sich aber sichtlich über die Kerze, die Erika noch am Flughafen für ihn erstanden hatte.

„Die Schwestern haben einen kleinen Imbiss vorbereitet, aber lasst uns zuerst dem Herrn danken, dass ihr gut angekommen seid." Also folgten sie ihm erst in seine Kapelle und setzten sich dann zu Tisch. Eine Schwester, vielleicht in Marias Alter, bediente sie bei Tisch, eine andere kümmerte sich um die Getränke.

Der Nachfolger des Zimmermanns ist ein veritabler Fürst, dachte Katharina, behielt ihre Gedanken aber diesmal für sich. Irgendetwas an dieser Atmosphäre schien sie zu bremsen und außerdem, dachte sie, würde sie noch reichlich Gelegenheit haben, mit Leo die Klingen zu kreuzen.

Erika erzählte von Weihnachten, wie sehr sie den Christtag in Katharinas Haus genossen hatte, und Leo beschrieb in wohlgesetzten Worten, welchen Eindruck die Menschenmassen auf dem Petersplatz ihm auch dieses Jahr wieder gemacht hätten. Nachdem sie das Essen beendet hatten, sagte er: „Um diese Zeit mache ich üblicherweise meinen Rundgang durch die Gärten. Es wäre mir lieb, wenn ihr mich begleiten würdet."

Dagegen erhob niemand Einwand. Das Wetter war gut, milder als daheim in Wien, wo es gerade schneite, wie ihr Axel kurz nach der Landung berichtet hatte.

„Seltsam, dass bei dem schönen Wetter keine Menschenseele unterwegs ist", sagte Katharina, während sie durch die Vatikanischen Gärten schlenderten. Leo lächelte: „Um diese Zeit ist der Garten für mich gesperrt."

Sie blieb wie angewurzelt stehen: „Moment mal. Habe ich das richtig verstanden: Wenn du hier spazieren gehst, haben die anderen Pause?"

Er nickte: „Natürlich. Wir werden auch bewacht, aber das Wachpersonal ist sehr diskret versteckt."

„Und warum versteckt sich das Wachpersonal", fragte Clemens nicht minder erstaunt.

„Um mich bei meinem täglichen Spaziergang nicht zu stören", entgegnete Leo, als wäre es das Selbstverständlichste von der Welt.

Aus war's mit Katharinas vornehmer Zurückhaltung: „Ihr tickt doch nicht richtig", entfuhr es ihr.

Leo schien erstaunt: „Aber das war schon immer so."

„Uns Uneingeweihten scheint es auf den ersten Blick ein wenig seltsam", versuchte Erika ihr Geschick als Mediatorin.

„Auf den zweiten auch", murmelte Katharina, während sie ihren Spaziergang fortsetzten.

Danach zog Leo sich zurück und Monsignore Rinaldo führte sie auf ihre Zimmer. Katharina wäre gerne ein wenig durch Rom gestreift, aber sie hatte keine Ahnung, wie sie hier hinaus und später wieder hereinkommen könnte, also nahm sie ein Buch zur Hand. Doch der Gedanke ließ sie nicht los und nach wenigen Seiten wählte sie Clemens' Nummer, um zu fragen, ob er mit ihr ginge, einen Cappuccino trinken oder gar einen Grappa. Aber auf seinem Handy meldete sich nur die Mailbox. Vielleicht besser so, dachte sie und versuchte wieder, sich auf das Buch zu konzentrieren. Ein ganz witziger Roman, den Florian ihr zu Weihnachten geschenkt hatte, doch heute gingen ihr zu viele Dinge durch den Kopf. Sie legte das Buch abermals zur Seite und trat ans Fenster. War es richtig gewesen, hierherzukommen? Sie würde versuchen müssen, sich weitgehend im Hintergrund zu halten, schließlich wollte sie Clemens und seiner Sache nicht schaden, ganz im Gegenteil.

Aber noch etwas anderes ließ sie nicht los. Seit feststand, dass Clemens mit ihnen kommen würde, hatte sie den Eindruck, dass Axel anders war als sonst. Zugeknöpft, weniger zugänglich, weniger zärtlich. Als sie ihn gestern darauf angesprochen hatte, hatte er auch ganz untypisch reagiert: „Hätte ich einen Grund?", hat er fast ärgerlich gefragt.

„Eigentlich nicht", hatte sie geantwortet und er darauf: „Eben."

Dennoch hatte er sie heute zum Flughafen gebracht und ihnen alles Gute gewünscht. Als sie gleich nach ihrer Ankunft angerufen hatte, war er auch wie immer, nur ein wenig gestresst, irgendetwas mit der Inventur stimmte nicht.

*

Sie hatten gehofft, beim Abendessen mit Leo ungestört reden zu können, doch daran war nicht zu denken, weil auch Leos Sekretäre daran teilnahmen. Monsignore Rinaldo war bei Weitem der Netteste. Monsignore Goldoni schien Katharina zwar ziemlich verzopft, aber zumindest um Freundlichkeit bemüht, während der Älteste, Monsignore Campeggio, mit jedem Blick und seiner ganzen Haltung Abneigung gegen den Privatbesuch ausdrückte. Ob er ahnte, warum sie hier waren?

In dieser Gesellschaft war ein Gespräch mit Leo jedenfalls nicht möglich.

Dummerweise hatte Leo es scheinbar nicht für notwendig erachtet, etwas an seinem Tagesablauf zu ändern und seine Tage waren wohlgeordnet und ausgefüllt - auch ohne Gäste aus der Heimat. Das Frühstück nahm er wie immer mit den Schwestern ein, die ihm den Haushalt führten. Es war ihnen freigestellt, daran teilnehmen oder sich ihr Frühstück aufs Zimmer bringen zu lassen. Zu Mittag waren sie ebenfalls auf sich allein gestellt, denn das Mittagessen nahm Leo in Gesellschaft einiger Kardinäle ein und auch am zweiten Abend erwartete er sie in Gesellschaft seiner Sekretäre.

Die traditionelle Gemächlichkeit, mit der hier alles vonstattenging, hatte auf den ersten Blick etwas Erholsames gehabt, doch mit der Zeit ging sie Katharina auf die Nerven.

„Wenn das so weitergeht, sitzen wir zu Drei-König immer noch da und haben nichts erledigt."

Dann waren sie einige Stunden durch Rom gestreift und als es zu regnen begann, in eine Trattoria geflüchtet. Sie hatten sich eben in die Speisekarte vertieft, als Erikas Handy läutete. Monsignore Rinaldo teilte mit, dass Seine Heiligkeit sie um 14 Uhr zum Spaziergang in den vatikanischen Gärten erwartet. Es war kurz vor halb zwei.

„Tja, da muss ich wohl gehen", meinte Erika und sah sie entschuldigend an.

„Musst du wohl", bestätigte Clemens und half ihr in den Mantel.

„Aber du hast doch noch gar nichts gegessen", warf Katharina ein. Erika zuckte nur lächelnd die Schultern und ging. „Eine Frechheit, sie im Regen in die Gärten zu zitieren und uns beide hier sitzen zu lassen", ärgerte sich Katharina und entschied sich dann für Gnocchi mit Pilzen.

„Was ärgert dich jetzt mehr, dass Erika im Regen spazieren gehen muss oder dass Leo mit ihr allein sein will?"

„Willst du mich jetzt auch noch ärgern?"

„Das würde ich mir doch niemals erlauben", lachte er. „Gönn' ihm das Tête-à-Tête mit Erika und genieße doch die Stunde mit mir. Wann werden wir beide jemals wieder Gelegenheit haben, alleine in einer römischen Trattoria zu sitzen und einfach nur das Leben zu genießen?", fragte er spitzbübisch und sie vernahm eine gewisse Verlockung in seiner Stimme.

„Wir machen doch keine Lustreise", entgegnete sie, fand die Vorstellung aber ganz angenehm.

Das Essen schmeckte köstlich, danach tranken sie einen Espresso und weil der Regen immer noch nicht aufgehört hatte, ließen sie einen Grappa folgen.

„Meinst du, die beiden waren einmal ein Paar?", fragte sie, nachdem sie den ersten Schluck getrunken hatte.

„Wäre das schlimm?"

„Du sollst keine Gegenfragen stellen, sondern meine Frage beantworten. Jetzt weiß ich endlich, woher unsere Tochter das hat."

„Ja, sie wird einmal eine gute Anwältin", nickte er.

„Du sollst nicht vom Thema ablenken. Also, waren sie?"

„Ist das wichtig?"

„Nicht für mich, aber ich versuche gerade, mich in Erikas Situation hineinzudenken."

Eine Weile schwiegen sie, dann sagte Clemens: „Früher hätte ich gesagt, warum nicht, Leo ist auch nur ein Mensch. Aber manchmal macht er es einem wirklich schwer, daran zu denken."

Wortlos prostete sie ihm zu.

Auf dem Rückweg in den Vatikan erstand Katharina ein Paar sündhaft teurer Schuhe und ließ sich von Clemens in eine Galerie verführen, in der sie noch ein farbenfrohes Bild für ihre Ordination erstand.

Als sie endlich wieder im Vatikan waren, blieb ihr nur noch eine knappe Stunde bis zum Abendessen. Sie duschte und wählte mit Bedacht ein dunkelgrünes Wollkleid, das gut zu ihrem Haar passte und ihre Figur vorteilhaft zur Geltung brachte. Sie hatte dazu eine passende Brosche und lange Ohrstecker mitgebracht und betrachtete sich zufrieden im Spiegel. Für wen takelte sie sich hier eigentlich so auf? Für Leo sicher nicht.

*

Am zweiten Abend hatten Leos Sekretäre nach dem Abendessen endlich das Feld geräumt.

„Ihr seid also gekommen, um mich um Vermittlung zu bitten", hatte Leo an Clemens gewandt gesagt und gleich hinzugefügt: „Euer Vertrauen ehrt mich, aber ich muss euch gleichzeitig bitten, nicht allzu viel von mir zu erwarten."

„Davor hat Katharina mich auch schon gewarnt", antwortete Clemens. Diese Antwort schien Leo kurz zu verwirren, doch er fing sich schnell: „Es ist ja nun nicht so, dass ich nur die Kirche in Österreich oder Europa zu betrachten hätte, vielmehr müssen wir der Weltkirche in ihrer ganzen Pluralität Rechnung tragen."

Katharina fühlte Ungeduld in sich hochsteigen, doch sie sagte sich, dass sie nur hier war, um den familiären Anstrich des Besuches zu unterstreichen, also schwieg sie und überließ den anderen das Feld.

„Selbstverständlich ist dein Fokus auf die Weltkirche gerichtet", gab Erika um nichts weniger schwülstig zurück.

„Aber Tatsache bleibt, dass die Probleme Mitteleuropas drängend sind. Die Einheit der Kirche kann nur gewahrt bleiben, wenn es möglich ist, auf die unterschiedlichen Bedürfnisse der einzelnen Regionen einzugehen."

So ging das mehr als eine Stunde hin und her, eine Stunde, die Katharina, in ihrer selbst auferlegten Zurückhaltung, wie eine Ewigkeit erschien. Doch als Leo sagte: „Wir versuchen ständig, uns der Realität und ihrem Wandel zu stellen, und gerade ich verstehe mich als einer, der in der Mitte steht", konnte sie sich nicht länger zurückhalten.

„Wenn du mich fragst, bist du von der Mitte so weit entfernt wie die Erde vom Mars."

Er lächelte maliziös: „Es freut mich, dass du nicht Pluto gesagt hast."

Sie brauchte nur einen Augenblick, um zu kontern: „Ein unverzeihlicher Irrtum, entschuldige."

Plötzlich spürte sie Clemens' Hand auf ihrem Arm. Okay, ich halt schon den Mund, dachte sie und nickte ihm unmerklich zu.

Clemens ließ seine Hand, wo sie war, und sagte: „Leo, wir müssen neue Wege suchen, auch um Altbewährtes zu erhalten. Das gilt für Österreich ebenso wie für viele andere Länder."

Das Gespräch endete wenig später, aber immerhin mit Leos Zusage, die Forderungen der Initiative beim nächsten Mittagessen mit dem Kardinal-Staatssekretär und dem Präfekten der Glaubenskongregation zu besprechen.

„Ist das jetzt ein Meilenstein oder weitere Verzögerungstaktik", fragte sie Clemens, während sie gemeinsam zu ihren Gästezimmern wandelten.

„Das wissen wir morgen."

Erika war übrigens gebeten worden, noch ein wenig zu bleiben. Es gäbe da ein in ihr Fachgebiet fallendes Streitthema mit einem der Kardinäle, Leo hätte gerne ihre Meinung dazu gehört.

*

Tags darauf war Monsignore Rinaldo dazu abkommandiert worden, sie durch den Vatikan zu führen. Zwar bestaunten sie mit anderen Touristen den Petersdom und die Sixtinische Kapelle, doch der Monsignore führte sie auch an Plätze, die normalen Touristen nicht zugänglich waren, und erzählte anschaulich vom Leben der Menschen, die im Vatikan lebten oder auch nur arbeiteten. Besonders angetan hatte es Katharina der Fotograf des Papstes, ein gutaussehender Mittvierziger, mit schwarzem Haar und einem charmanten Lächeln. Sie fand es schon ziemlich eigenartig, dass Leo ein eigenes Fotografenteam für sich arbeiten ließ, aber den Ernst, mit dem dieser große, stattliche Mann von seiner Arbeit erzählte, und wie sehr es darauf ankäme, jeden Moment einzufangen, fand sie schon fast komisch.

„Was für ein Theater man um ihn macht", raunte sie Clemens zu. „Kein Wunder, wenn Leo abhebt."

Als sie – diesmal zu dritt – beim Mittagessen saßen, sagte Clemens: „Ich weiß nicht, was Leo mit dieser Führung bezwecken wollte. Sympathischer ist mir der Laden jedenfalls nicht geworden. Aber egal, heute Abend reden wir Tacheles."

Erika, die gerade überlegt hatte, ob sie den Spaghetti Frutti di Mare noch eine Zitronencreme folgen lassen sollte, schüttelte entschieden den Kopf: „Wir dürfen Leo nicht überfordern, sonst macht er zu wie eine Auster. Ich kenn das von früher. Ich finde, wir sollten die Idee des Konzils noch einmal aufgreifen."

„Du meinst ein drittes vatikanisches Konzil? Die haben das zweite noch nicht verkraftet", spottete Clemens.

Erika legte die Speisekarte zur Seite und bestellte einen Espresso. „Leo hat gestern Abend so etwas anklingen lassen. Erinnert ihr euch, er sprach davon, dass er, ähnlich wie Johannes XXIII, vor großen Herausforderungen stehe."

Clemens nickte: „Den Vergleich fand ich allerdings kühn."

„Mag sein", lächelte Erika, „aber soviel ich weiß, hat man ein solches Projekt seinerzeit Johannes XXIII auch nicht zugetraut. Im Nachhinein sieht ja manches anders aus. Ich vermute jedenfalls, dass Leo etwas Ähnliches vorschwebt, und ich meine, das könnte ein Weg sein. Ein solches Vorhaben kostet naturgemäß viel Vorbereitungszeit, aber diese Zeit verschafft euch erst einmal etwas Luft. Im Vorfeld eines derartigen Großereignisses würde sich auch der Kardinal davor hüten, Taten zu setzen, die möglicherweise später in einem ganz anderen Licht gesehen werden könnten. Vielleicht könnt ihr mir am Abend ein Stichwort zukommen lassen. Aber jetzt muss ich gehen, Leo erwartet mich zu unserem Spaziergang."

*

Trotz Erikas Warnung hatte Clemens Leo am Abend gebeten, ihnen offen und ohne Umschweife zu sagen, wie das Gespräch mit der Upperclass der Kirchenfürsten gelaufen war.

Erst hatte Leo sich an dem Wort ‚Upperclass' gestoßen, doch dann hatte er seufzend geantwortet: „Ach Clemens, was heißt schon offen und ohne Umschweife. Ein Papst kann nie offen reden, außer mit Gott und mit sich selbst."

Katharina wollte schon antworten, dass ein Papst, der Selbstgespräche führt, möglicherweise auch für Irritationen sorgen könnte, aber Erika war schneller und fügte sanft hinzu: „Oder mit seinen Freunden."

„O ja, Freunde sind ein Geschenk des Himmels, aber wer sich der ganzen Menschheit zuwenden muss, dem bleibt für persönliche Zuwendung leider kaum noch Zeit."

Das war nun offenbar selbst für Erika zu viel gewesen, denn diesmal antwortete sie schärfer als sonst: „Es ist ja auch unendlich viel einfacher, die ganze Menschheit zu lieben."

Clemens konnte sich ein Lachen kaum verkneifen, ehe er auf sein Anliegen zurückkam und endlich wissen wollte, wie das Gespräch nun gelaufen war.

Leo redete, wie immer, ein wenig im Kreis, ehe er bekannte: „Nun, der Kardinal-Staatssekretär ist der Meinung, ohne Opfer sei ein Leben für Gott nicht möglich und der gelebte Zölibat sei der Sieg des Geistes über den Körper."

Jetzt konnte sich Katharina nicht mehr zurückhalten: „Der gelebte Zölibat ist eine Illusion und ein Verbrechen gegen den Körper. Er führt zu Lügen, Krankheit und Gewalt."

„Und was sagt er zu den übrigen Forderungen?", fuhr Erika dazwischen. Katharina vermutete, dass die Frage vor allem dazu diente, die aufgeheizte Stimmung wieder etwas abzukühlen.

Erstaunlich, wie sie das immer wieder zuwege brachte. Katharina hatte Erika immer gemocht, aber hier in Rom hatte sie begonnen, sie mitunter zu bewundern. Diese ruhige Gelassenheit, die sie auch bewahrte, wenn sie Leos Meinung nicht billigen mochte, fand Katharina ebenso bemerkenswert wie die Art, mit der sie seine päpstliche Herablassung wortlos duldete, ohne sie gutzuheißen. Konnte es sein, dass sie ihn immer noch liebte, überlegte Katharina und wurde erst wieder aufmerksam, als sie Clemens sagen hörte: „Es gibt auch in Rom falsche Anschauungen!"

„Mag sein, aber in der Frage des Frauenpriestertums sind uns ohnehin die Hände gebunden. Eine solche Frage könnte nur ein Konzil entscheiden." Konzil durchzuckte es Katharina.

„Das letzte ist fünfzig Jahre her", warf sie rasch ein. „Höchste Zeit, ein neues einzuberufen."

Leo lächelte gönnerhaft: „Meine liebe Katharina, so ein Konzil kann auch ein Papst nicht von heute auf morgen einberufen, so etwas will gut vorbereitet sein."

„Stell dir vor, das geht sogar in mein umstürzlerisches Spatzenhirn. Aber wie heißt es so schön: Auch eine Reise von tausend Meilen muss mit einem Schritt beginnen. Wer oder was hindert dich daran, mit den Vorbereitungen zu starten?"

Auf diese Frage erhielten sie an diesem Abend keine Antwort mehr - für den nächsten Tag war ihr Rückflug gebucht.

*

Da ihr Flug erst für den späten Nachmittag vorgesehen war, hatte Leo ausnahmsweise das Mittagessen mit seinen Beratern gegen ein Essen mit seinen Gästen eingetauscht. Den Vormittag hatte Katharina noch dazu genützt, einige Delikatessen einzukaufen, die ihnen daheim zwar nie so gut schmeckten wie vor Ort, aber irgendetwas musste sie Axel schließlich mitbringen.

Bevor sie sich endgültig verabschiedeten, kam Leo noch auf Maria zu sprechen. „Ich glaube, sie hat sich mit dem Umzug ins Mutterhaus abgefunden, jedenfalls hat sie mir gegenüber nichts mehr erwähnt", sagte er, während Clemens Katharina bereits in den Mantel half.

„Natürlich nicht. Sollte sie sich eine zweite Abfuhr holen? Aber sie ist zutiefst unglücklich, glaub es mir."

Das schien ihm doch zu denken zu geben und als sie sich wenig später endgültig verabschiedeten, sagte er: „Maria kann jederzeit hierherkommen, sag ihr das bitte. Irgendeine Beschäftigung wird sich schon für sie finden und einen herzlichen Gruß von mir."

„Ich richte ihr den Gruß gerne aus, aber alles andere musst du ihr schon selber sagen."

„Dann werde ich sie in den nächsten Tagen anrufen."

Das klang ja fast menschlich, dachte sie auf der Fahrt zum Flughafen.

Da ihr Flug Verspätung hatte, saßen sie ewig auf dem Airport Fiumicino herum. Erika erstand noch ein Tuch für ihre Nachbarin und einen Schal für ihre Nichte, Clemens schien in seine Lektüre vertieft. In diesen drei Tagen war er ihr sehr nahe gewesen, doch jetzt verhielt er sich fast beleidigend desinteressiert. Axel würde wissen, wie sehr solche Verspätungen an ihren Nerven zerrten, und hätte sie gewiss nicht hier blöd herumsitzen lassen.

Als sie endlich im Flieger waren, Clemens zwischen ihnen beiden eingeklemmt und immer noch in seine Lektüre vertieft, überlegte sie einmal mehr, wie ein Leben an Clemens' Seite wohl ausgesehen hätte. Wäre er ein so ausgleichender Partner gewesen wie Axel? Wohl kaum, Clemens hatte eindeutig mehr Temperament und … was eigentlich noch? Bei den wenigen Gelegenheiten im Jahr, bei denen sie einander sahen, war er stets heiter und voller Esprit. Aber wie würde ein Alltag mit ihm aussehen? So wie jetzt eben? Vielleicht hätte sie mit ihm mehr Höhen erlebt, überlegte sie schläfrig, aber garantiert auch mehr Tiefen.

Ihr Leben mit Axel verlief in ruhigem Einvernehmen, manchmal schien ihr in zu ruhigem Einvernehmen. Auf Axel konnte man sich immer verlassen, in jeder Beziehung. Er liebte Beständigkeit, und Harmonie ging ihm über alles. Anfangs hatte sie geglaubt, dass sein Harmoniestreben im Geschäftsleben von Nachteil sein müsse, aber mit der Zeit hatte sie verstanden, dass er die Harmonie in der Beziehung und in der Familie brauchte, gerade um im geschäftlichen Alltag bestehen zu können. Sie hatte ihm einmal vorgeworfen, er sei nur zu bequem, um sich mit ihr und den Kindern zu streiten. Das mochte stimmen, aber sein Gegenargument war auch nicht schlecht gewesen: das nicht, hatte er gesagt, aber es ist so schade um die Zeit. Niemand weiß, wie viel Zeit wir noch miteinander haben.

Das konnte sie gut nachvollziehen, schließlich hatte er damals seine Frau von einem Tag auf den anderen verloren, das hatte er lange nicht verwunden.

Sie warf einen Blick auf Erika, die ihre Augen geschlossen hielt und auch ziemlich nachdenklich schien. Katharina war in der Zwischenzeit ziemlich sicher, dass die Gefühle zwischen Leo und ihr neu erwacht waren. Die Arme. Selbst wenn es in den nächsten Jahren zu einer Abschaffung des Pflichtzölibates kommen sollte, was unwahrscheinlich genug war, so würde wohl keiner von ihnen mehr einen verheirateten Papst erleben. Für die beiden war es zu spät – konnte es sein, dass Leo sich deshalb so wenig für das Thema erwärmte?

Es war schon fast Mitternacht, als sie endlich ihr Gepäck hatten und sich verabschiedeten.

„Ich danke euch beiden von ganzem Herzen", hatte Clemens gesagt und sie fest an sich gedrückt, wie es seine Art war.

„Viel haben wir nicht ausgerichtet", gab sie zurück, nachdem sie sich aus seiner Umarmung befreit hatte, dann ging sie mit festen Schritten Axel entgegen.

Leben ist Veränderung

„Vergelt's Gott, Leo. Ja, ich werd' drüber nachdenken. Dank Dir, alles Liebe, servus Leo. Gelobt …"

Eingehängt. Langsam legte Maria den Hörer auf und ließ sich auf den nächstbesten Sessel fallen. Leo hatte ihr doch tatsächlich angeboten, zu ihm in den Vatikan zu wechseln. Sie könnte sich entweder gemeinsam mit anderen Schwestern um seine Wohnung und sein Wohlergehen kümmern oder im Castel Gandolfo nach dem Rechten sehen. Aber was, um der Liebe Christi Willen, sollte sie überhaupt in Rom? Sie konnte doch gar kein Italienisch und das bisschen Englisch, das sie in der Schule gelernt hatte, war auch schon ziemlich eingerostet. In Kreuzenstein sprach man deutsch und weiter als bis nach München war sie nie gekommen. Leo meinte, dass sei kein Problem. Für ihn natürlich nicht, er sprach fünf Sprachen, Deutsch noch gar nicht dazu gerechnet, die meisten ziemlich fließend. Englisch, Französisch und Latein hatte er schon in der Schule gelernt, Altgriechisch während des Studiums und Italienisch hatte er vor Ort gelernt, ganz nebenbei, wie er erzählt hatte.

Sie hingegen war kein Sprachentalent, nie gewesen. Sie musste auf der Stelle mit jemand darüber reden. Katharina! Aber die war um diese Zeit in der Ordination, da wurde sie nur sehr ungern gestört. Agnes? Der Gedanke an Agnes ließ sie aufseufzen. Wenn sie wirklich nach Rom gehen sollte, würde sie Agnes allein zurücklassen müssen. Konnte sie ihr das antun? Maria dachte an die vielen Jahre, die sie nun schon miteinander hier lebten, und an die vielen Stunden, die sie mit Agnes hier gesessen war. In den letzten Wochen hatten sie gemeinsam versucht, Kloster Kreuzenstein zu retten. Na gut, die Mutter Oberin hatte all ihre Pläne abgeschmettert. Aber sollte sie jetzt allein weggehen und Agnes ihrem Schicksal überlassen? Oh Gott, oh Gott. Ihre Hände zitterten, als sie den Schleier richtete. Sie atmete tief durch und machte sich auf den Weg in den Speisesaal. Sicher war sie wieder die Letzte und die Mutter Oberin würde ihr einen fragenden Blick zuwerfen.

Sie wusste ja selbst nicht, warum sie immer wieder zu spät kam. Was hatte sich ihre Mutter bemüht, sie zu Ordnung und Pünktlichkeit zu erziehen. Aber irgendwie hatte alles nichts genutzt, die Ermahnungen nicht, die Strafen nicht, Maria zerrann die Zeit einfach zwischen den Fingern. Komisch, ihrer Nichte Juliane ging es ähnlich, nur machte die sich nichts daraus.

Als Maria die Tür zum Speisesaal öffnete, roch es nach Majoran und Kartoffelsuppe, danach gab es Kaiserschmarren. Agnes war eine gute Köchin, die auch aus den einfachsten Zutaten ein schmackhaftes Essen zubereiten konnte. Was sie wohl in Rom so kochten? Würde sie dann immer Spaghetti und dieses furchtbare Risotto essen müssen. Maria hasste Risotto, es erinnerte sie an Milchreis - und Milchreis hatte es in ihrer Kindheit ausreichend gegeben. Sie musste Katharina fragen, wie es ihr im Vatikan geschmeckt hatte.

*

Seit Leos Anruf waren schon drei Tage vergangen und Maria hatte immer noch keine Ahnung, wie sie sich entscheiden sollte. Das Gespräch mit Katharina hatte ihr gutgetan, weitergebracht hat es sie nicht. Wie hatte Katharina gesagt? „Du musst tun, was du für richtig hältst."

Wenn das so einfach wäre! Zugegeben, es graute ihr vor der Übersiedlung ins Mutterhaus, aber eine Übersiedlung in den Vatikan schien ihr auch nicht das Gelbe vom Ei. Natürlich wäre es schön, Leo in der Nähe zu wissen, aber würde er überhaupt Zeit für sie haben, ihr großer kleiner Bruder? Leo war so klug, so gebildet, so ganz anders als sie.

Mit Agnes hatte sie auch gesprochen. Natürlich war sie enttäuscht gewesen, wenn sie es auch nicht zugeben wollte. „Kümmere dich nicht um mich, ich werde mich schon ans Mutterhaus gewöhnen. Die Schwester Oberin hat gemeint, ich könnte vielleicht die Diätküche übernehmen." Dabei hatte sie jedoch die Augen verdreht. Agnes kochte gerne schmackhaft und deftig.

Es gab noch so viel zu bedenken und sie konnte immer am besten denken, wenn sie dabei die Hände bewegte. Sie würde Agnes in der

Küche helfen. Maria machte einen Umweg in die Kapelle, vielleicht half das ja. Als sie endlich in der Küche ankam, rief Agnes: „Wo warst du denn? Die Mutter sucht dich, du sollst zu ihr in die Kanzlei kommen."

Seufzend machte sich Maria auf den Weg. Je näher sie der Kanzlei kam, umso langsamer wurde ihr Schritt, im Gegenzug beschleunigte sich der Puls. Vielleicht lag es nur an der Bezeichnung, überlegte Maria wohl zum tausendsten Mal, aber immer wenn sie zur Mutter Oberin gerufen wurde, fühlte sie sich wie seinerzeit, wenn ihre Mutter sie mit schriller Stimme zu sich beordert hatte. Sicher, von der Mutter Oberin setzte es weder Ohrfeigen noch Hausarrest – trotzdem hatte sie immer ein mulmiges Gefühl.

Sie klopfte und trat ein: „Gelobt sei Jesus Christus."

„In Ewigkeit. Wo waren Sie denn so lange?"

„In der Kapelle. Verzeihung, ich wusste nicht …"

Die Mutter winkte ab: „Schon gut. Nehmen Sie Platz, Schwester. Ich habe Sie rufen lassen, weil Pater Benno mich um einen Gefallen gebeten hat. Sie wissen ja, er hat jetzt drei Pfarrgemeinden zu betreuen und wird schließlich auch nicht jünger. Könnten sie sich vorstellen, ihm dabei zu helfen?"

„Ja, sicher. Also, ich glaube schon. Wenn er meint", stotterte sie und dachte bei sich: Heiliger Himmel, warum kann ich nicht zur Abwechslung einen vernünftigen Satz sprechen. Sie riss sich zusammen: „Wann genau soll ich ihm denn helfen?"

„Wenn ich ihn richtig verstanden habe, am liebsten sofort."

Maria erhob sich: „Dann werde ich Agnes bitten, dass sie mich nach dem Essen nach Kreuzstetten fährt."

„Nicht so hastig." Die Oberin bedeutete ihr, wieder Platz zu nehmen. „Was Pater Benno im Sinn hat, ist keine kurzfristige Aushilfe für ein paar Stunden, sondern jemand, der ihn die nächsten Jahre unterstützt." Sie machte eine bedeutungsvolle Pause.

„Soll das heißen, dass ich ganz ins Pfarrhaus übersiedeln soll?"

„Genau das soll es heißen. Rufen Sie ihn an, vereinbaren Sie einen Termin und besprechen Sie mit ihm die Details. Mein prinzipielles Einverständnis haben Sie."

„Danke, danke ehrwürdige Mutter."

Maria stand auf und wollte das Zimmer verlassen, doch dann fasste sie sich ein Herz und machte noch einmal kehrt.

„Wenn ich jetzt nach Kreuzstetten gehe, dann heißt das doch, dass ich nicht ins Mutterhaus übersiedeln muss."

„Das ist präzise."

„Und was wird dann aus Agnes?"

„Pater Benno hat angedeutet, dass er jede Hand brauchen kann. Agnes' Hände stehen allerdings erst zur Verfügung, sobald wir hier weg sind."

Dann entließ sie Maria mit einem Kopfnicken.

Maria hätte tanzen können, stattdessen rannte sie, so schnell es ihr Kleid erlaubte, zu Agnes in die Küche, wo diese um ein Haar die Suppe verschüttet hätte, weil Maria sie wild umarmte und rief: „Agnes, unser Gebete sind erhört worden!" Dann erzählte sie hastig, was sie soeben erfahren hatte.

„Und dein Bruder?", fragte Agnes verblüfft.

„Ach, der braucht mich doch nicht wirklich, der wollte wahrscheinlich nur nett sein. Aber Pater Benno, der kann unser Hilfe bestimmt gebrauchen."

***

Zumindest eine gute Nachricht, dachte Katharina, als sie davon erfuhr. Sie hatte von Leos Idee, Maria in den Vatikan zu holen, ohnehin nicht viel gehalten. Erstens widerstrebte es ihr, sich vorzustellen, wie Maria ihren jüngeren Bruder unterwürfig bedienen würde, anderseits konnte sie sich nicht vorstellen, dass sich Maria als seine Schwester dort allzu leicht Freundinnen machen würde. Sicher, man würde sie anständig behandeln, vielleicht sogar respektvoll, aber Maria brauchte mehr, viel mehr. Sie brauchte echte Zuneigung und das Gefühl, gebraucht zu werden.

Sonst hatten sich die guten Nachrichten seit ihrer Rückkehr aus Rom bedauerlich zurückgehalten. Ihre Sprechstundenhilfe war an einer aus-

gewachsenen Grippe erkrankt und Juliane hatte sich als Ersatz angeboten. Das war zwar hilfreich, hatte aber auch Nachteile. Einerseits
verzögerte sich damit die Arbeit an ihrer Dissertation, andererseits war
Juliane zwar bei den Patienten beliebt, aber leider nicht halb so flott
und akkurat wie ihre langjährige Angestellte.

Florian hatte sie wissen lassen, dass er mit Ende des Sommersemes-
ters nach Wien zurückkommen würde, was generell erfreulich war,
aber er hatte auch geschrieben, dass James mit ihm kommen würde.
Da hieß es jetzt also Farbe zu bekennen. Im Herbst, vor Leo, war es
ihr leicht gefallen, Florian zu verteidigen, diesmal hatte das Thema
zwischen Axel und ihr für einige Verstimmung gesorgt.

Axel hatte ja recht, sie konnten es nicht ändern, aber musste sie es
deswegen begrüßen?

Jedenfalls tat ihr der Streit mit Axel schon seit mehreren Tagen leid,
aber es gelang ihr diesmal nicht, ihn zu versöhnen.

Axel war ein umgänglicher Mensch und es dauerte lange, bevor
er ernstlich böse wurde, aber wenn er einmal verstimmt war, dann
konnte es lange dauern, bis sich die dunklen Wolken wieder verzogen.
Manchmal hatte sie sich in solchen Situationen sagen müssen, na gut,
vielleicht habe ich den Bogen etwas überspannt.

Doch diesmal war sie sich keiner Schuld bewusst, umso schmerzlicher
erschien ihr seine Unzugänglichkeit. Mag sein, dass der Vergleich der
Homosexualität mit anderen Behinderungen, der zu ihrem Wortwechsel
geführt hatte, nicht ganz glücklich gewesen war. Andererseits - war er nicht
schon vor ihrer Abreise nach Rom irgendwie seltsam gewesen? Kam er
in eine späte Midlife-Crisis oder hatte Juliane recht, wenn sie meinte, er
wäre ein klein wenig eifersüchtig? Eifersüchtig auf Clemens, das war ja
der Gipfel! Clemens war ihre erste Liebe gewesen, ja, aber die Betonung
lag auf gewesen. Außerdem war er Priester – zugegeben, einer von je-
nen, die gegen den Zölibat kämpften, und sie unterstützte ihn in diesem
Kampf. Ob Axel jetzt daraus ableitete, dass sie immer noch an Clemens
interessiert war? Nach all den gemeinsamen Jahren? So eine Schnapsidee
traute sie ihm eigentlich gar nicht zu. Außerdem ging es bei der Reforminitiative nicht nur um den Zölibat, das wusste er haargenau.

Es war in all den Jahren selten vorgekommen, dass sie Streit gehabt hatten, aber wenn, dann vergällte es ihr einfach alles. Sie würde versuchen heute früher wegzukommen und ihm einmal so etwas richtig Deftiges zu kochen. Grammelknödel vielleicht. Grammelknödel mit Sauerkraut, das war ein echter Liebesbeweis. Er wusste schließlich, dass sie es hasste. Beschwingt machte sie sich an die Arbeit.

***

Wenn Axel gekränkt war, dann schwieg er. Mit Wutausbrüchen hätte Katharina umgehen können, dieses gekränkte Schweigen machte sie halb wahnsinnig und die Idee mit der Kocherei, die sie am Nachmittag noch so beflügelt hatte, schien auch nicht zielführend zu sein. Axel aß zwar die Grammelknödel mit gutem Appetit, sonst aber blieb er einsilbig. Sie versuchte es mit dem Wetter, fragte nach seinen Geschäften und erzählte aus der Ordination. Er gab kurze Antworten, hörte höflich zu und als sie geendet hatte, schaltete er den Fernseher ein. Resigniert ging sie in ihr Zimmer und wollte gerade nach einem Buch greifen, als ihr Handy das Kommen eines Mails ankündigte. Lustlos schaltete sie ihren Laptop ein, doch dann hielt sie die Luft an. Erika schrieb:

Liebe Katharina!

Ich bin noch ganz außer Atem, weil Leo mich soeben gefragt hat – vorerst noch inoffiziell –, ob ich die Leitung eines Arbeitskreises zum Thema „Kirche und Reformen" übernehmen würde. Dieser Arbeitskreis könnte, wenn er einigermaßen vernünftige Ergebnisse erbringt, gleichsam zur Vorbereitung eines möglichen dritten Konzils dienen.

Ich kann es noch gar nicht fassen. Das ist sensationell, das ist mehr, als ich im Moment mit Worten ausdrücken kann. Als Frau unter all den männlichen Würdenträgern. Allein dieser Umstand wird die Konservativen schäumen lassen.

LG Erika (vor Aufregung zitternd)

PS: So war unsere Reise doch nicht umsonst.
PPS: Ich denke, ich werde annehmen ;-))

Das klang ja, als wäre Leo nicht mehr länger Teil der Konservativen. War das jetzt eine gute Nachricht? Wenn Leo als liberal galt, wie verbohrt waren dann die wirklich Konservativen? Das musste sie sofort Axel zeigen.

Sie druckte die Nachricht aus und ging, immer noch kopfschüttelnd, damit ins Wohnzimmer. Wortlos reichte sie Axel das Mail. Er nahm es scheinbar gelangweilt entgegen, endlich sagte er: „Gratuliere. Dann wirst du also eines Tages in die Kirchengeschichte eingehen."

„Kaum. Vermutlich wird man auch Erika nur in einem Nebensatz erwähnen, sollte es zu diesem Konzil überhaupt je kommen."

„Wie lange kann es dauern, bis das feststeht?"

„Ich hab' mich schon nach unserer Rom-Reise im Internet schlaugemacht. Das letzte Mal dauerte die offizielle Vorbereitung zwei Jahre, das Konzil selbst dauerte drei Jahre. Clemens wird also warten müssen, wenn er noch heiraten will."

„Will er das denn?"

„Keine Ahnung, wir haben nie darüber gesprochen. Ehrlich gesagt, glaube ich, dass er dazu längst zu eigenbrötlerisch geworden ist. Ehe und Partnerschaft wollen schließlich gelernt sein."

Und als er immer noch nicht antwortete, setzte sie hinzu: „Oder bist du anderer Meinung?"

Er sah sie lange an, endlich lächelte er: „Eigentlich nicht. Möchtest du noch ein Glas Wein?"

„Gerne. Wir haben schon lange keines zusammen getrunken."

„Ich trinke nicht, wenn ich unglücklich bin", antwortete er.

„Aber jetzt trinkst du. Heißt das, dass du jetzt nicht mehr unglücklich bist?"

„Kann man so sagen", murmelte er und ging davon, den Wein zu holen.

Epilog

Genau ein Jahr nach seinem Wien-Aufenthalt kam ein Brief von Leo. Katharina hatte bis nach dem Abendessen damit gewartet. Jetzt saßen Axel und sie vor dem Kamin und sahen dem Spiel der Flammen zu. Dieses Jahr war es schon früh sehr herbstlich geworden, aber sie hofften, noch ein paar schöne Altweibersommertage zu bekommen. Axel stopfte seine Pfeife, während sie laut vorlas:

Meine liebe Katharina,

dieser Tage wird es ein Jahr, dass ich zum Welt-Jugendtag nach Wien aufgebrochen bin. Seither hat sich in meinem Leben einiges geändert. Zuallererst geht es mir gesundheitlich deutlich besser, ich sehe den Tagen wieder freudvoll entgegen und bin voller Energie. Könnte es sein, dass ich das noch nicht erwähnt habe?

Du hast während einer Behandlung zu mir gesagt, wir beleidigen Gott, wenn wir die Gesundheit und die Lebensfreude, die er uns anbietet, mit Füßen treten. Ich glaube, du hattest recht.

Sie zwinkerte Axel zu: „Ich glaube, zu dieser Erkenntnis hat Erika etwas mehr beigetragen als ich."

Er nickte: „Aber ohne dich hätte er Erika vielleicht nie mehr wiedergesehen."

„Zugegeben, das war keine so schlecht Idee von mir gewesen", antwortete sie augenzwinkernd, ehe sie weiter las:

Vor einigen Wochen hat der Arbeitskreis „Kirche und Reformen" endlich seine Arbeit aufgenommen. Ich bin sehr froh darüber und danke Gott dafür. Ich danke ihm für die Möglichkeit, etwas bewegen zu dürfen, und bitte ihn gleichzeitig, den richtigen Weg zu finden zwischen bedachtsamer Klugheit und den notwendigen Veränderungen.

Besonders dankbar bin ich dafür, Erika in meiner Nähe zu haben und den Arbeitskreis bei ihr in verantwortungsvollen Händen zu wissen. Es war nicht einfach, sie als Leiterin zu installieren, aber es war richtig! Ich bete täglich darum, dass die die Widerstände gegen ihren Vorsitz langsam schwinden mögen. Es scheint, als würde es ihr in der Tat gelingen, die hohen Würdenträger, die diesem Ausschuss angehören, für sich einzunehmen, weil sie ihre unterschiedlichen Standpunkte respektiert, ohne ihre eigenen dafür aufzugeben.

Anfangs habe ich befürchtet, der liebe Gott könnte meine Wahl nicht gutheißen, aber die Arbeit geht gut voran, also hoffe ich doch, dass er sie mit Wohlgefallen betrachtet.

Wir, die wir Gott von Berufs wegen dienen, neigen mitunter dazu, ihn für unsere Zwecke einspannen zu wollen. Meine Berater und ich haben oft völlig unterschiedliche Ansichten, wir alle bitten um göttliche Erleuchtung – und müssen letztendlich doch mit dem uns verliehenen Verstand vorliebnehmen. Man wird abwarten müssen, wie sich die Dinge entwickeln.

In anderer Sache scheinen unsere Gebete bereits erhört worden zu sein. Maria hat mir in einem sehr ausführlichen Brief berichtet, wie glücklich sie und ihre Mitschwester Agnes in der Pfarre Kreuzstetten sind. Pater Benno, den ich noch von früher zu kennen glaube, und die Pfarrmitglieder sollen auch sehr zufrieden sein, was ich gerne glaube. Ich danke Gott und freue mich, dass eine für alle Teile so zufriedenstellende Lösung gefunden werden konnte. Da kann man nur mit Marias Worten sagen: Vergelt's Gott.

Danke für die Einladung zu Julianes Hochzeit. Aber Papst zu sein ist nicht nur eine Ehre, es ist auch ein einsames Geschäft, dass es nicht zulässt, sich frei zu bewegen. Manchmal finde ich das sehr schade, deshalb möchte ich dich und deine Familie schon heute einladen, mich im kommenden Jahr zu besuchen, ein paar erholsame Tage mit mir in Castel Gandolfo zu verbringen. Vielleicht gelingt es euch, auch Maria zu einer solchen Reise zu bewegen.

Langsam wird es für mich Zeit, mich zum Abendessen zu begeben. Erika wird heute dabei sein, was mich besonders freut.

Dennoch möchte ich dieses Schreiben nicht beenden, ohne dir, spät, aber hoffentlich nicht zu spät, zu sagen, dass mir manches leid tut, was ich früher getan habe. Seit unserem Zusammentreffen im Vorjahr, seit meinem Wiedersehen mit meinen alten Freunden, vor allem aber, seit Erika in meiner Nähe ist, sehe ich manches in einem anderen Licht. Ich denke dabei an die Geschichte mit Gustav. Zu meiner Verteidigung kann ich vorbringen, dass ich wirklich geglaubt habe, es wäre für euch alle das Beste gewesen, und wie es scheint, hat es sich auch für alle zum Besten gewendet. Dennoch hätte ich es nicht tun dürfen.

Ich segne und grüße Dich und Deine Lieben

Leo

PS: Eine Neuigkeit noch: Gustav hat seine ehemalige Schülerin geheiratet und lebt in St. Pölten. Das hat übrigens euer zukünftiger Schwiegersohn für mich herausgefunden. Ich habe auch an Gustav einen Brief geschrieben.

Sie ließ den Brief sinken: „Was sagst du dazu?"

„Erstaunlich, wirklich erstaunlich. Dann ist das jetzt die endgültige Versöhnung?"

„Eher die vorläufige", antwortete Katharina und lachte still in sich hinein. „Was glaubst du, was los sein wird, wenn wir mit unserer Sippe in Castel Gandolfo einreiten."

„Dann werden wir seine Einladung annehmen. Auch Florian?"

„Florian auf jeden Fall, über James werden wir noch nachdenken. Und jetzt trinken wir ein Glas Champagner und stoßen auf die vatikanischen Reformen an."

„Bist du denn so sicher, dass sie kommen werden?"

Sie schüttelte den Kopf: „Ach, das wird noch ein langer Weg, aber allein der Umstand, dass es diesen Ausschuss überhaupt gibt und dass eine Frau ihn leitet, ist ein Meilenstein. Jedenfalls ist es ein Schritt in die richtige Richtung und ein Glas Champagner kann schließlich nie schaden."

ENDE

Ein herzliches Danke-schön ...

an alle Leser.

Wenn es gefallen hat, würde ich mich über eine kurze Rezension bei Amazon sehr freuen. Sind Fragen oder Wünsche offen geblieben, so können Sie mir diese gerne über das Kontaktformular meiner Website mitteilen.

Ein weiteres Danke-schön

gebührt meinen Testlesern und allen, die am Zustandekommen des Buches beteiligt waren.

Der Reihe nach:

Der erste, den ich mit meinen Ideen in den Ohren liege ist mein lieber Mann Manfred, ihm obliegt es später auch Logikfehler etc. aufzuspüren.

Das vorläufig fertige Manuskript geht dann an meine Testleser.

Im vorliegenden Fall ein herzliches Danke an Angela, Steffi und ganz besonders an Eva – die mich auch für allfällige Lesungen fit macht.

Sobald deren Anregungen eingearbeitet sind, geht der Text an das Korrektorat, diesfall zu Maja Kunze, nach Berlin, dann weiter an die Alster, zu Melanie Jungierek, die den Text in Form bringt, in die E-Book-Formate konvertiert und mich auch sonst stets unterstützt, wenn meine Computer-Kenntnisse wieder einmal nicht ausreichen.

Ich hoffe, Sie alle bleiben mir gewogen, denn der nächste Roman ist schon im Werden.

Auf bald!

Als Papst lebt man gefährlich

Als Papst lebt man gefährlich

Brigitte Teufl-Heimhilcher

Weiter geht's mit der Geschichte um den – leider fiktiven - Papst Leo XV.

Nachdem sich Leos Sicht der Dinge - durch seinen unfreiwilligen „Heimaturlaub" und den Kontakt zu seinen Jugendfreunden Erika und Clemens – in manchen Bereichen veränderte, hat er's im Vatikan nicht leicht.

Den einen ist er nun zu fortschrittlich, den anderen immer noch zu konservativ. Wie gut, dass er Erika in den Vatikan geholt hat, um die von ihm eingesetzte Reformkommission zu leiten. Doch Erikas Anwesenheit sorgt ebenso für Unmut, wie Leos Bemühungen, in der Vatikanbank aufzuräumen.

Während Erika versucht, Leos Reformeifer anzukurbeln, und nach und nach bemerkt, wie tief ihre Gefühle für ihn immer noch sind, denken andere darüber nach, wie man sich des ungeliebten Papstes endgültig entledigen könnte …